キミと、いつか。

夢見る"クリスマス"

宮下恵茉・作
染川ゆかり・絵

集英社みらい文庫

「本当《ほんとう》は好《す》きなんじゃないの？」
みんなにからかわれると
ついムキになって言《い》いかえしてしまう。
ただのおさななじみなんだって。

だって、わたしにもわからないんだ。
自分《じぶん》の気持《きも》ちが。

わたしのとなりを、平気《へいき》そうな顔《かお》で歩《ある》くあいつ。
ねえ、わたしのこと、どう思《おも》ってる？
女《おんな》の子《こ》だってちゃんと思《おも》ってくれてるの？

そんなこともちろん、聞《き》いたりなんかできないけど。

目次《もくじ》&人物紹介《じんぶつしょうかい》

1 野球観戦《やきゅうかんせん》 8

2 まさかのアクシデント 18

3 きまずい登校《とうこう》タイム 36

4 祥吾《しょうご》のばか！ 48

5 真剣《しんけん》なまなざし 66

6 力《ちから》になりたい！ 84

辻本莉緒《つじもとりお》

色白《いろじろ》で美人《びじん》。
やさしくて、
ひっこみ思案《じあん》、
おとなしいタイプ。

足立夏月《あだちなつき》

お菓子作《かしづく》りと
お料理《りょうり》が好《す》き。
莉緒《りお》と家庭科《かていか》
研究会《けんきゅうかい》を
立《た》ちあげた。

林 麻衣《はやしまい》

夏月《なつき》のクラス
メイト。明《あか》るく元気《げんき》で
ボーイッシュ。
バスケ部所属《ぶしょぞく》。

7 お守《まも》りマスコット 98
8 復《ふっ》帰《き》戦《せん》 114
9 思《おも》いがけない約《やく》束《そく》 128
10 クリスマスイブ 139
11 すてきなサプライズ 153
12 重《かさ》なる笑《わら》い声《こえ》 165
あとがき 175

鳴《なる》尾《お》若《わか》葉《ば》

あだ名《な》は“なるたん”。
美人《びじん》でさばさば
した性格《せいかく》。
バレー部所属《ぶしょぞく》。

吉《よし》村《むら》祥《しょう》吾《ご》

夏月《なつき》のおさななじみ。
ぶっきらぼうだけど、
じつはやさしい。
野球《やきゅう》ひとすじ！

恒《つね》川《かわ》あずみ

夏月《なつき》や莉緒《りお》への
いじわるが原因《げんいん》で
孤立《こりつ》していたが、
ふたりと仲直《なかなお》りした。

あらすじ

今日《きょう》は、おさななじみの
祥吾《しょうご》の野球《やきゅう》の応援《おうえん》！
なのに、祥吾《しょうご》が
ケガしてしまった――。

翌日《よくじつ》、松葉《まつば》づえをつく祥吾《しょうご》と
一緒《いっしょ》に登校《とうこう》したんだけど、
ずっと**むすっ**としたまま。
おまけに、野球部《やきゅうぶ》の子《こ》と
先《さき》に行《い》っちゃうし。

それでも、祥吾《しょうご》を励《はげ》まし
たくて、甘《あま》いものが
好《す》きな祥吾《しょうご》のために、
クリスマスケーキを焼《や》くって
言《い》ったんだけど……。

その日《ひ》の夜《よる》。祥吾《しょうご》の
お兄《にい》ちゃんにたのまれて、
ワン太郎《たろう》の散歩《さんぽ》に
行《い》くことに。そしたら、
ケガをかばって**もくもくと**
練習《れんしゅう》する祥吾《しょうご》の姿《すがた》が。

やっぱり祥吾《しょうご》を元気《げんき》づけたい!!
『お守《まも》りマスコット』を
プレゼントするって決《き》めて、
わたしは、莉緒《りお》とまいまい、
なるたんと一緒《いっしょ》に
手作《てづく》りすることにしたの！

その後《ご》
夏月《なつき》と祥吾《しょうご》は思《おも》いがけず、
クリスマスイブを一緒《いっしょ》に
すごすことになって——!?

続《つづ》きは本文《ほんぶん》を楽《たの》しんでね❤

1 野《や》球《きゅう》観《かん》戦《せん》

カーン！

かわいたバットの音《おと》がひびきわたり、ボールが放物線《ほうぶつせん》を描《えが》いてフェンスのむこうへとすいこまれていった。

「やった！　ホームラン！」

思《おも》わずそう叫《さけ》んでスタンドのシートから立《た》ちあがると、まわりからクスクスという笑《わら》い声《ごえ》が聞《き》こえた。

「なっちゃん、今《いま》のはファウルだよ」

となりに座《すわ》るケン兄《にい》が苦笑《にがわら》いをして、わたしのジャンパーの裾《すそ》を引《ひ》っぱった。そのむこう側《がわ》に座《すわ》るケン兄《にい》の彼女《かのじょ》・未歩《みほ》ちゃんも笑《わら》っている。

「……えっ、ホームランじゃないの？」

わたしはきょろきょろあたりを見《み》まわしてから、シートに座《すわ》りなおした。

(はずっ、まちがえちゃったよ……！)

「な、なんで？　ケン兄《にい》。だって、今《いま》、ボールがフェンス越《こ》えたじゃん」

ここそこ小声《こごえ》でわたしがたずねると、

「ほら、あそこに白《しろ》いラインがあるだろ。あれより内側《うちがわ》だったらホームランになるけど、外《そと》にでたボールはいくらフェンスを越《こ》えても、ファウルになるんだよ。だから、今《いま》のでツーストライク。もうあとがなくなったってことさ」

ケン兄《にい》がやさしく教《おし》えてくれた。

(ふうん、そうなんだ)

フェンスを越《こ》えたら、ぜんぶホームランになるんだと思《おも》ってた。なにしろ、今《いま》まで野球《やきゅう》の試合《しあい》なんて観《み》にきたことなかったし。

ベンチの前《まえ》に立《た》つ祥吾《しょうご》が、こっちをにらんでなにかつぶやいた。口《くち》の動《うご》きで、『ばか』って言《い》われたんだとわかる。

……だって、しかたないじゃん。

わたし、野球《やきゅう》のことなんて、なんにも知《し》らないんだもん！

十一月《がつ》の第《だい》三日曜日《にちようび》。

うろこ雲《ぐも》が浮《う》かぶ青空《あおぞら》の下《した》、わたし・足立夏月《あだちなつき》は、すみれが丘《おか》にある野球場《やきゅうじょう》へ、おさななじみの吉村祥吾《よしむらしょうご》の試合《しあい》を観《み》にきている。

祥吾《しょうご》はわたしんちのむかいに住《す》んでいる。

わたしの両親《りょうしん》は共働《ともばたら》きで、小《ちい》さいころからひとりでお留守番《るすばん》をすることが多《おお》かった。

それを見《み》かねた祥吾《しょうご》んちのおばさんが、わたしを家《いえ》に招《まね》いてごはんを食《た》べさせてくれたり、おかずをおすそわけしてくれたりしていた。

それに、祥吾《しょうご》んちで飼《か》ってるワン太郎《たろう》は、わたしが拾《ひろ》ってきた犬《いぬ》。つれて帰《かえ》ったらおかあさんに捨《す》ててきなさいって言《い》われて途方《とほう》にくれていたとき、吉村《よしむら》家《け》が引《ひ》きとってくれた。そんなこともあって、祥吾《しょうご》んちとは家族《かぞく》ぐるみのおつきあい。

祥吾《しょうご》はわたしと同《おな》じつつじ台中学《だいちゅうがく》で、野球部《やきゅうぶ》に所属《しょぞく》している。

三年生《ねんせい》が引退《いんたい》したあと、一、二年生《ねんせい》だけで編成《へんせい》された新《しん》チームの新人戦《しんじんせん》で地区大会《ちくたいかい》の準《じゅん》決勝《けっしょう》まで進《すす》んだから、観《み》にいかないかと、祥吾《しょうご》のお兄《にい》さんのケン兄《にい》に誘《さそ》われた。

それで、ケン兄《にい》と未歩《みほ》ちゃん、それからわたしの三人《にん》で試合《しあい》を観《み》にきたってわけだ。

おじさんとおばさんも来《き》たかったみたいなんだけど、試合《しあい》にでるかどうかわからないから、ぜったい来《こ》ないでと祥吾《しょうご》に言《い》われて、しぶしぶ断念《だんねん》したらしい。

祥吾《しょうご》は、ホントはケン兄《にい》にも来《き》てほしくなさそうだったけど、せっかく応援《おうえん》に行《い》くって言《い》ってくれてるのに、なんでそういうかわいくない態度《たいど》をとるんだろ？

ま、祥吾《しょうご》らしいといえばそうなんだけど。


「あ～あ、でももう六回《ろっかい》だね。祥吾《しょうご》、出番《でばん》ないのかなあ」

ベンチ前《まえ》でほかの一年生《ねんせい》たちと声《こえ》だしをしている祥吾《しょうご》を見《み》てわたしがつぶやくと、ケン兄《にい》が困《こま》ったような顔《かお》で腕組《うでぐ》みをした。

「うーん、そうだなあ。メンバー表《ひょう》を見《み》ると、二年生《ねんせい》が多《おお》そうだからなあ。一年《ねん》はなかなかだしてもらえないのかもしれないね」

(……そうなんだあ)

うちの中学《ちゅうがく》の部活《ぶかつ》で、男子《だんし》は野球部《やきゅうぶ》が一番《いちばん》人数《にんずう》が多《おお》い。そのなかでも、祥吾《しょうご》はかなり体《たい》格《かく》がいいほうだ。

小学生《しょうがくせい》のころから野球《やきゅう》をしていて、部活《ぶかつ》から帰《かえ》ってきても、毎日《まいにち》家《いえ》の前《まえ》で素振《すぶ》りをしていたり、夜《よる》、ひとりでランニングをしていたりとけっこうがんばっている。

なのに、試合《しあい》にだしてもらえないなんて、なかなか厳《きび》しい世界《せかい》みたいだ。

「夏月《なつき》ちゃん、祥吾《しょうご》くんの勇姿《ゆうし》が見《み》られなくて、残念《ざんねん》だねえ」

未歩《みほ》ちゃんが、ひょこっと顔《かお》をだして言《い》う。

すると、ケン兄《にい》があわてたように口《くち》をはさんだ。

「待《ま》ってよ、未歩《みほ》ちゃん。試合《しあい》は七回《かい》まであるんだぜ？　まだチャンスはあるんだから、そんなこと言《い》わないでやってよ」

「あはは、そうだよね。ごめんごめん」

ふたりが、顔《かお》を寄《よ》せて笑《わら》いあう。

26

（……いいなあ）

ふたりは笹谷高校《ささたにこうこう》の一年生《ねんせい》。

カッコよくてやさしいケン兄《にい》と、かわいらしい未歩《みほ》ちゃん。

とってもお似合《にあ》いのカップルだ。

ここへ来《く》る途中《とちゅう》に寄《よ》ったカフェで、三人《にん》でお昼《ひる》ごはんを食《た》べているとき、ふたりがクリスマスの話《はなし》をしていた。どんなデートにしようかって。

（ううう、うらやましい！）


実《じつ》は、同《おな》じクラスで仲《なか》よくしている子《こ》たちも、わたし以外《いがい》、全員彼氏《ぜんいんかれし》がいる。

まいまいこと林麻衣《はやしまい》ちゃんは、一組《くみ》でバスケ部《ぶ》の小坂悠馬《こさかゆうま》くん。

なるたんこと鳴尾若葉《なるおわかば》ちゃんは、このあたりで一番《ばん》の進学校《しんがくこう》・聰明学院《そうめいがくいん》に通《かよ》う中嶋諒太《なかじまりょうた》くん。

莉緒《りお》こと辻本莉緒《つじもとりお》ちゃんは、同《おな》じクラスでバスケ部《ぶ》の石崎智哉《いしざきともや》くん。

みんな、クリスマスイブはデートなんだって。

だから、わたしはその日《ひ》はひとりぼっち。

クリスマスのひとりぼっちだから、『クリぼっち』ってわけだ。

あ〜あ。せっかくみんなでおいしいクリスマス料理《りょうり》を食《た》べて、プレゼント交換《こうかん》なんかもしちゃったりして、楽《たの》しいクリスマスパーティーができたらいいなあって思《おも》ってたのに。

わたしだけ、つまんない！

つい、いじけたら、まいまいたちに言《い》われた。

『夏月《なつき》には、吉村《よしむら》くんがいるじゃん』って。

(だから、そんなんじゃないって言《い》ってるのに)


ケン兄《にい》は高校《こうこう》で『伝統芸能部《でんとうげいのうぶ》』に入《はい》っていて、そこで和太鼓《わだいこ》の演奏《えんそう》をしている。今年《ことし》の夏《なつ》、つつじ台神社《だいじんじゃ》の夏祭《なつまつ》りでそのイベントがあるから見《み》においでって誘《さそ》われた。

それで、しかたなく祥吾《しょうご》と行《い》っただけなのに、みんなはその姿《すがた》を見《み》てどうやらかんちがいしちゃったみたい。

わたしと祥吾《しょうご》は、ただのおさななじみなのに。

(だいたい、祥吾《しょうご》はわたしのこと、女《おんな》の子《こ》だなんて思《おも》ってないだろうしさ)

そんなことをぼんやり考《かんが》えていたら、ケン兄《にい》がわたしをひじでこづいた。

「ほら、なっちゃん。見《み》てよ、祥吾《しょうご》、でるみたいだぜ」

「……えっ！」

おどろいて顔《かお》をあげると、場内《じょうない》にアナウンスがひびきわたった。

『代打《だいだ》、つつじ台中学《だいちゅうがく》一年《ねん》、吉村祥吾《よしむらしょうご》くん。背番号《せばんごう》十五』

つつじ台中学《だいちゅうがく》側《がわ》のスタンドが、わっと沸《わ》きあがり、後《うし》ろにひかえる吹奏楽部《すいそうがくぶ》が高《たか》らかにファンファーレをならす。

身《み》を乗《の》りだしてグラウンドをのぞきこむと、バットを持《も》った祥吾《しょうご》が、ベンチからでてきた。

祥吾《しょうご》はわたしのほうをふりかえることなく二度素振《どすぶ》りをすると、バッターボックスに立《た》った。

六回裏《ろっかいうら》、ツーアウト。ランナーは一、二塁《るい》。現在《げんざい》四対《たい》二で、つつじ台中学《だいちゅうがく》は二点差《てんさ》で負《ま》けている。

野球《やきゅう》のルールなんて知《し》らないけど、これくらいならなんとなくわかる。とりあえずここで祥吾《しょうご》がホームランを打《う》てば、一挙《いっきょ》に三点《てん》が入《はい》る。そしたら、逆転《ぎゃくてん》するってことだよね？

わたしはその場《ば》に立《た》ちあがり、口《くち》の横《よこ》に手《て》をそえて、声《こえ》をはりあげた。

「祥吾《しょうご》ーッ！　ファイトッ！」

2 まさかのアクシデント

一球目《いっきゅうめ》。祥吾《しょうご》は身《み》じろぎもせず、ボールを見送《みおく》った。

「ストライク！」

審判《しんぱん》が、右手《みぎて》をふりあげる。

「祥吾《しょうご》、いけるぞ！」

「狙《ねら》っていけ！」

ベンチから、声《こえ》が飛《と》ぶ。

(うー、なんか今《いま》の球《たま》、速《はや》くない？)

相手《あいて》のピッチャーは、祥吾《しょうご》と同《おな》じような体格《たいかく》だ。堂々《どうどう》としているから、二年生《ねんせい》かもしれない。

「ねえねえ、ケン兄《にい》。祥吾《しょうご》、打《う》てるかな」

不安《ふあん》になってシートに座《すわ》り、ケン兄《にい》の腕《うで》をゆする。

「うーん、どうだろうな。むこうのピッチャー、球《たま》が速《はや》いだけじゃなくて、球種《きゅうしゅ》も多《おお》いしなあ」

「キューシュってなに？」

わたしが聞《き》くと、ケン兄《にい》はすぐに教《おし》えてくれた。

「まっすぐな球《たま》だけじゃなくて、いろんな軌道《きどう》の球《たま》を投《な》げられるってことだよ。カーブする球《たま》や、手《て》もとで急《きゅう》に落《お》ちる球《たま》とか」

「ええっ、すごい！　中学生《ちゅうがくせい》でそんなことできちゃうの？」

「なんたって、準決勝《じゅんけっしょう》だからね」

ケン兄《にい》は、にこっと笑《わら》って続《つづ》けた。

「けど、祥吾《しょうご》のやつ、度胸《どきょう》あるからね。こういうとき、たいていの選手《せんしゅ》は緊張《きんちょう》して体《からだ》がかたまるけど、あいつは大丈夫《だいじょうぶ》じゃないかな。パワーもあるから、タイミングさえ合《あ》えば、ホームランもいけるかも」

わたしは、バッターボックスに立《た》つ祥吾《しょうご》にもう一度《いちど》視線《しせん》をもどした。

いつもにこにこしているケン兄《にい》とちがって、祥吾《しょうご》は表情《ひょうじょう》があまり変《か》わらない。口数《くちかず》も少《すく》なくて、だまっていたら不機嫌《ふきげん》に見《み》えるくらいだ。

今《いま》もいつもと変《か》わらない表情《ひょうじょう》で、じっとピッチャーを見《み》つめている。ケン兄《にい》の言《い》うように、たしかに緊張《きんちょう》しているようには見《み》えない。

カンカン照《で》りの夏《なつ》の日《ひ》も、雨《あめ》が降《ふ》る寒《さむ》い日《ひ》も、祥吾《しょうご》は毎日《まいにち》欠《か》かさず家《いえ》の前《まえ》で素振《すぶ》りを続《つづ》けている。ランニングだって、ずっと。

小学生《しょうがくせい》のころは、五年《ねん》のときからずっとレギュラーだったのに、中学《ちゅうがく》に入《はい》ってからなかなか試合《しあい》にだしてもらえないんだって、前《まえ》におばさんがこぼしてたっけ。

この試合《しあい》で活躍《かつやく》したら、きっと次《つぎ》からは、もっとたくさん試合《しあい》にだしてもらえるよね。

わたしは両手《りょうて》をぎゅっとにぎりしめて、目《め》をつむった。

（ああ、神《かみ》さま。祥吾《しょうご》がヒット、……ううん、ホームランを打《う》ちますように！）

カーン！

胸《むね》のすくような快音《かいおん》に、目《め》をあける。

青空《あおぞら》を背景《はいけい》に真《ま》っ白《しろ》なボールが、放物線《ほうぶつせん》を描《えが》いて飛《と》んでいく。

「やった……！」

思《おも》わず立《た》ちあがり、ボールの行方《ゆくえ》を目《め》で追《お》う。

外野《がいや》にむかったボールは、ちょうどセンターとライトの間《あいだ》ではずんだ。

一塁《るい》と二塁《るい》にいた走者《そうしゃ》が一斉《いっせい》にスタートを切《き》る。同時《どうじ》に祥吾《しょうご》も、バットを放《ほう》りなげて走《はし》りだした。

「いけいけ、祥吾《しょうご》ーっ！」

二塁《るい》の走者《そうしゃ》がホームインして、続《つづ》いてもうひとりの走者《そうしゃ》もホームベースを踏《ふ》む。

ベンチもつつじ台中学側《だいちゅうがくがわ》の応援席《おうえんせき》も、大盛《おおも》りあがりだ。

「やったあ、同点《どうてん》だあ」

ケン兄《にい》、未歩《みほ》ちゃんも立《た》ちあがって、腕《うで》をふりまわしている。

一塁《るい》ベースを蹴《け》って、二塁《るい》ベースを踏《ふ》んだ祥吾《しょうご》は、そのまま止《と》まることなく三塁《るい》にむかって走《はし》っていく。

ようやく球《たま》をつかんだライトの選手《せんしゅ》が、三塁《るい》にむかって弾丸《だんがん》のような球《たま》を投《な》げた。

祥吾《しょうご》が先《さき》か、ボールが先《さき》か。

足《あし》からすべりこむ祥吾《しょうご》とボールをつかんだサードの選手《せんしゅ》がはげしくぶつかりあう。

わあああっ
重《かさ》なりあったふたりの姿《すがた》が、もうもうとたちこめる砂煙《すなけむり》にかくされた。

塁審《るいしん》が、ふたりのそばにかけ寄《よ》ったのち、高々《たかだか》と右手《みぎて》をふりあげた。

「アウトォ〜〜〜っ！」

その声《こえ》に、総立《そうだ》ちだったベンチの選手《せんしゅ》とスタンドの観客《かんきゃく》たちが、深《ふか》いため息《いき》をついた。

「あ〜、残念《ざんねん》」

「ぜったいいけたと思《おも》ったのに」

だけど、わたしのとなりではケン兄《にい》が大《おお》きく首《くび》を横《よこ》にふっていた。

「残念《ざんねん》がることないよ。同点《どうてん》に追《お》いついたのは、祥吾《しょうご》のヒットのおかげだろ？」

その言葉《ことば》に、スタンド横《よこ》のスコアボードを見上《みあ》げる。

たしかに、ケン兄《にい》の言《い》うとおりだ。

祥吾《しょうご》はアウトになっちゃったけど、チームに貢献《こうけん》した。それに、まだもう一度《いちど》攻撃《こうげき》のチャンスはある。

「だよね、まだまだいける！」

「さあ、しっかり守《まも》っていこう！」

ケン兄《にい》、未歩《みほ》ちゃんとハイタッチをしてから、グラウンドを見《み》た。

「……ん？」

なかなか三塁《るい》ベースから起《お》きあがろうとしない祥吾《しょうご》に、不安《ふあん》を覚《おぼ》える。

「ねえ、ケン兄《にい》、祥吾《しょうご》……」

そう言《い》いかけたとき、三塁《るい》の塁審《るいしん》が声《こえ》をあげた。

「負傷者《ふしょうしゃ》だ、すぐ担架《たんか》を！」

（……えっ？　負傷者《ふしょうしゃ》って）

なにがなんだかわからずにきょろきょろしていたら、

「あいつ、大丈夫《だいじょうぶ》か？」

「なかなか起《お》きあがらないぞ」

さっきまで歓喜《かんき》に沸《わ》いていたスタンドとベンチから不安《ふあん》の声《こえ》があがる。

担架《たんか》をかかえた選手《せんしゅ》ふたりをつれて、顧問《こもん》の先生《せんせい》が祥吾《しょうご》のもとへかけ寄《よ》った。

かがみこんでなにか話《はな》したあと、ふたりがかりで祥吾《しょうご》の体《からだ》を抱《だ》きおこす。

痛《いた》みがあるのか、祥吾《しょうご》は足首《あしくび》を押《お》さえて顔《かお》をしかめている。

（……祥吾《しょうご》！）

両手《りょうて》をぎゅっとにぎりしめてその姿《すがた》を見《み》つめる。

祥吾《しょうご》は担架《たんか》に乗《の》るよう、先生《せんせい》からすすめられていたみたいだけど、かたくなに首《くび》を横《よこ》にふっている。

なんとか両手《りょうて》をついて立《た》ちあがると、同《おな》じ一年生《ねんせい》の子《こ》たちに両脇《りょうわき》から支《ささ》えられ、右足《みぎあし》を引《ひ》きずるようにしてベンチへともどっていった。

「祥吾《しょうご》、どうしたんだろ。骨《ほね》、折《お》ってないよね？　大丈夫《だいじょうぶ》かなあ」

わたしが聞《き》いても、ケン兄《にい》は険《けわ》しい表情《ひょうじょう》のままで首《くび》をかしげる。

「……うーん、どうかなあ。あいつ、ちょっとやそっとの痛《いた》みはがまんするほうなのに、さっき、しばらく起《お》きあがれなかったもんなあ」

「ぶつかったとき、すっごい音《おと》したもんね。なんともなければいいけど……」

未歩《みほ》ちゃんも、不安《ふあん》げだ。

攻守交替《こうしゅこうたい》になり、相手《あいて》チームの攻撃《こうげき》が始《はじ》まってすぐ、スタンドにユニフォーム姿《すがた》の一年《ねん》生《せい》の子《こ》があらわれた。

「失礼《しつれい》します！　一年生《ねんせい》の吉村祥吾《よしむらしょうご》くんのご家族《かぞく》の方《かた》、いらっしゃいませんか？」

すぐにケン兄《にい》が立《た》ちあがる。

「悪《わる》い、未歩《みほ》ちゃん、なっちゃん。俺《おれ》、ちょっと行《い》ってくるわ。なんかわかったら、すぐに連絡《れんらく》するね」

そう言《い》いのこすと、ケン兄《にい》はその子《こ》につれられてスタンドから姿《すがた》を消《け》した。同時《どうじ》に、遠《とお》くから救急車《きゅうきゅうしゃ》のサイレンの音《おと》が聞《き》こえてくる。

（え〜っ、やっぱ、祥吾《しょうご》、骨折《こっせつ》したとか……？）

祥吾《しょうご》のことが心配《しんぱい》で、試合《しあい》なんて観《み》てられない。

スタンドの一番後《いちばんうし》ろの席《せき》までかけあがり、きょろきょろとあたりを見《み》まわした。

野球場《やきゅうじょう》のゲートがあき、近《ちか》づいてきた救急車《きゅうきゅうしゃ》がサイレンを止《と》めた。

停車《ていしゃ》したかと思《おも》うと、すぐに救急隊員《きゅうきゅうたいいん》さんたちが、ストレッチャーを押《お》してこちらにむかってかけてくる。

大人《おとな》たちが、せわしなく救急車《きゅうきゅうしゃ》とベンチの間《あいだ》を行《い》き来《き》しはじめた。

だけどここからだと、そばにあるクラブハウスの屋根《やね》が邪魔《じゃま》で祥吾《しょうご》の姿《すがた》を見《み》ることができない。

(祥吾《しょうご》、どうなっちゃうんだろ)

柵《さく》につかまり、思《おも》いきり首《くび》を伸《の》ばしてのぞきこむ。

ふいに、ぽんと肩《かた》をたたかれた。

おどろいてふりむくと、未歩《みほ》ちゃんが困《こま》ったような顔《かお》で立《た》っていた。

「なっちゃん、試合《しあい》、終《お》わっちゃったよ」

「……え！　台中《だいちゅう》、どうなった？」

言《い》いながら、スタンド横《よこ》のスコアボードを見《み》る。

七回《かい》の表《おもて》、いつの間《ま》にか相手《あいて》チームに追加点《ついかてん》を入《い》れられ、その裏《うら》、つつじ台中学《だいちゅうがく》は無得点《むとくてん》のまま、五対《たい》四で敗《やぶ》れたようだ。

スタンドにいたお客《きゃく》さんたちが次々《つぎつぎ》に立《た》ちあがり、通路《つうろ》を降《お》りていく。吹奏楽部《すいそうがくぶ》の子《こ》たちも、楽器《がっき》を片《かた》づけて帰《かえ》り支度《じたく》を始《はじ》めていた。

「せっかく、祥吾《しょうご》くんがヒット打《う》ってくれたのにねえ」

「……うん」

つつじ台中学《だいちゅうがく》が負《ま》けたことは残念《ざんねん》だけど、それよりも今《いま》は祥吾《しょうご》のけがのほうが心配《しんぱい》だ。

「ねえ、未歩《みほ》ちゃん、わたしたちもケン兄《にい》のとこ、行《い》こう。祥吾《しょうご》のけが、どんな様子《ようす》か知《し》りたいし」

走《はし》りだそうとするわたしの腕《うで》を、未歩《みほ》ちゃんがそっとつかむ。

「さっき、ケンケンからメッセージ来《き》た。祥吾《しょうご》くん、足《あし》の痛《いた》みがひどいから、念《ねん》のためこのまま病院《びょういん》に行《い》くみたい。おじさんとおばさんも直接病院《ちょくせつびょういん》にむかうんだって。病院《びょういん》には家《か》族《ぞく》しか行《い》けないみたいだから、悪《わる》いけど、わたしとなっちゃんは、このままふたりで帰《かえ》ってって」

そう言《い》って、スマホの画面《がめん》を見《み》せてくれた。

画面《がめん》のなかに、猫《ねこ》が両手《りょうて》を合《あ》わせて『ごめんなさい』と言《い》っているスタンプが見《み》える。

（えーっ、病院《びょういん》って、まさか入院《にゅういん》とかしちゃうわけ？）

すると、停《と》まっていた救急車《きゅうきゅうしゃ》がまたサイレンをならして動《うご》きだした。大《おお》きく迂回《うかい》して、そのまま野球場《やきゅうじょう》の外《そと》をまわり、国道《こくどう》にむかって走《はし》っていく。

しばらく聞《き》こえていたサイレンがだんだん遠《とお》ざかっていき、最後《さいご》には聞《き》こえなくなった。

「祥吾《しょうご》、大丈夫《だいじょうぶ》かな。野球《やきゅう》ができなくなるとか、ないよね」

言《い》いながら、泣《な》きそうになる。

「そんなに心配《しんぱい》しなくても、大丈夫《だいじょうぶ》だよ。念《ねん》のために検査《けんさ》するだけだと思《おも》うし。ほら、行《い》こう。路線《ろせん》バス、でちゃうし」

未歩《みほ》ちゃんにうながされ、

「……うん」

わたしはしかたなくその場《ば》から歩《ある》きだした。足《あし》もとがふわふわする。

いくら家族《かぞく》ぐるみで仲《なか》よくしていても、わたしは本物《ほんもの》の家族《かぞく》じゃないから、救急車《きゅうきゅうしゃ》にいっしょに乗《の》せてもらうことはできない。どんなに心配《しんぱい》でも。

わたしは名残惜《なごりお》しい気持《きも》ちでいっぱいのままスタンドをあとにした。

満員《まんいん》の路線《ろせん》バスに揺《ゆ》られながら、ぼんやり考《かんが》える。

（……祥吾《しょうご》、ホントに大丈夫《だいじょうぶ》かな）

その日《ひ》は家《いえ》に帰《かえ》ってからも落《お》ちつかなかった。

夕食後《ゆうしょくご》、リビングに居座《いすわ》り、祥吾《しょうご》からの連絡《れんらく》を待《ま》っていたら、八時半《じはん》ごろ、玄関《げんかん》のチャイムがなった。

「あら、こんな時間《じかん》にだれかしら」

ちょうど洗濯物《せんたくもの》をたたみおえたおかあさんが、インターホンにでようとするのを押《お》しとどめ、

「きっと祥吾《しょうご》だ。わたし、でる！」

ばたばたと玄関《げんかん》にむかう。

ドアをあけると、ワン太郎《たろう》をつれたケン兄《にい》が立《た》っていた。

「今日《きょう》はごめんね、なっちゃん。心配《しんぱい》かけて」

少《すこ》しつかれた表情《ひょうじょう》のケン兄《にい》が、にこっとほほえむ。

わたしは、ケン兄《にい》につめ寄《よ》った。

「そんなの平気《へいき》！　それより、祥吾《しょうご》は？」

ケン兄《にい》は足《あし》もとのワン太郎《たろう》に視線《しせん》を落《お》としてから、ぼそっとつぶやいた。

「右足首《みぎあしくび》のじん帯損傷《たいそんしょう》だって」

「えええええっ、じん帯損傷《たいそんしょう》って……！　もしかして、足《あし》を切断《せつだん》とかそういうやつ？」

目《め》の前《まえ》が真《ま》っ暗《くら》になってそうたずねると、ケン兄《にい》は一瞬《いっしゅん》きょとんとしてから、ぷっと吹《ふ》きだした。

「あはは、まさか。かんたんに言《い》うと、足首《あしくび》の捻挫《ねんざ》だよ。念《ねん》のため、レントゲンも撮《と》ったけど、骨《ほね》は大丈夫《だいじょうぶ》だった」

その言葉《ことば》に、全身《ぜんしん》の力《ちから》が一気《いっき》にぬけた。

「……なあんだ、ただの捻挫《ねんざ》かあ」

救急車《きゅうきゅうしゃ》なんかで運《はこ》ばれるから、もっと大変《たいへん》なことになったかと思《おも》ったけど、安心《あんしん》した。

それならきっとすぐに治《なお》るだろう。

よかったねえと言《い》いながら、ワン太郎《たろう》を抱《だ》きあげ、頭《あたま》をなでる。ワン太郎《たろう》はされるがままに、目《め》を細《ほそ》めている。

見《み》た目《め》はかわいらしいけれど、ワン太郎《たろう》はけっこうなおじいちゃん犬《けん》だ。おまけに、拾《ひろ》ったときから左足《ひだりあし》が悪《わる》い。

だから、最近《さいきん》は週《しゅう》に一度《ど》しか散歩《さんぽ》をすることができないらしい。

ケン兄《にい》はだまってわたしとワン太郎《たろう》を見《み》ていたけれど、言《い》いにくそうにつけたした。

「うーん、まあ、そうなんだけど。……でも、しばらく練習《れんしゅう》はできないみたい」

その言葉《ことば》に、ワン太郎《たろう》をなでていた手《て》が止《と》まる。

「……えっ！　しばらくって、どれくらい？」

わたしが聞《き》くと、ケン兄《にい》は困《こま》ったようにまゆ毛《げ》をさげた。

「うーん、二、三週間《しゅうかん》かなあ。しばらく松葉《まつば》づえだし」

「ええええっ、けっこう長《なが》いじゃん！　しかも、松葉《まつば》づえなの？　ホントに大丈夫《だいじょうぶ》なわけ？」

わたしの声《こえ》におどろいたワン太郎《たろう》が、身《み》をよじってケン兄《にい》の腕《うで》へ飛《と》びついた。あわてて
ケン兄《にい》が抱《だ》きとめる。

「……そうなんだよなあ」

ケン兄《にい》もしょんぼりした顔《かお》で、ワン太郎《たろう》の頭《あたま》をなでる。

「あいつ、もともと無口《むくち》だし、病院《びょういん》で先生《せんせい》にしばらく松葉《まつば》づえだって言《い》われてもぜんぜん表情《ひょうじょう》変《か》えなかったけど、実《じつ》はけっこう落《お》ちこんでると思《おも》うんだよなあ。年内《ねんない》に交流戦《こうりゅうせん》もあるみたいだし」

「なにそれ。そんなのあるんだ」

わたしの質問《しつもん》に、ケン兄《にい》がうなずく。

「一年生《ねんせい》メインの試合《しあい》らしいんだ。今日《きょう》は、代打《だいだ》でしかだしてもらえなかったけど、交流《こうりゅう》戦《せん》ならスタメンに選《えら》ばれるかもしれないから、かあさんたちにも来《き》ていいって言《い》ってたんだよ、あいつ」

そこで言葉《ことば》をきると、ケン兄《にい》がわたしを見《み》た。

「悪《わる》いけど、なっちゃん。祥吾《しょうご》のこと、励《はげ》ましてやって」

「そりゃあ、そのつもりだけど……」

わたしは言葉《ことば》をにごしてそうつぶやいた。

わたしなんかがなぐさめたって、効果《こうか》ないんじゃないかなあ……。

そこで、ふと思《おも》いついた。

「あ、そうだ！　明日《あした》から学校《がっこう》に行《い》くとき、わたしが祥吾《しょうご》のかばん、持《も》つよ」

「……かばん？」

ケン兄《にい》がワン太郎《たろう》といっしょに首《くび》をかしげる。

「うん、だって、松葉《まつば》づえだったら持《も》てないでしょ。だから、わたしが運《はこ》んであげるの」

わたしが言《い》うと、ケン兄《にい》はワン太郎《たろう》と一度目《いちどめ》を合《あ》わせてから、

「そっかあ。それ、助《たす》かる！」

にこっとほほえんだ。

「さっきかあさんが、しばらく車《くるま》で送《おく》り迎《むか》えしようかって祥吾《しょうご》に言《い》ったんだけど、そんなのいらないって突《つ》っぱねてたんだ。だから、なっちゃんがつきそってくれるなら、かあさんも安心《あんしん》するよ。悪《わる》いね、なっちゃん」

ううんと首《くび》を横《よこ》にふる。

「それくらいなら、わたしにもできるし」

それにしても、祥吾《しょうご》ったら、せっかくおばさんが心配《しんぱい》してくれてるのに、ホントかわいげがないんだから！

心《こころ》のなかで思《おも》っていたら、
「じゃ、俺《おれ》帰《かえ》るよ。遅《おそ》くにごめんね」
ケン兄《にい》は早口《はやくち》でそう言《い》うと、ワン太郎《たろう》を抱《だ》きかかえたまま帰《かえ》っていった。
手《て》をふって見送《みおく》りながら、祥吾《しょうご》の部屋《へや》を見上《みあ》げる。
まだ八時半《じはん》すぎなのに、真《ま》っ暗《くら》だ。
（……落《お》ちこんでるのかなあ）
それとも、松葉《まつば》づえだから二階《かい》にあがれないのかもしれない。
視線《しせん》を横《よこ》に移《うつ》すと、南西《なんせい》の空《そら》に半月《はんげつ》が浮《う》かんでいた。
そっと手《て》を合《あ》わせる。
（祥吾《しょうご》の足《あし》が、早《はや》く治《なお》りますように）

3 きまずい登校《とうこう》タイム

ピンポーン
インターホンのボタンを押《お》すと、すぐに玄関《げんかん》ドアがあいておばさんが顔《かお》をだした。

「あらあ、なっちゃん。ホントにむかえに来《き》てくれたのねえ」

おばさんの顔《かお》が、ぱっと明《あか》るくなる。

「まあまあ、ちょっと見《み》ない間《あいだ》に、なんだかおねえさんっぽくなったんじゃな〜い？　冬《ふゆ》の制服《せいふく》も似合《にあ》ってるわ。あ〜あ、女《おんな》の子《こ》はいいわねえ」

おばさんのセリフに、つい吹《ふ》きだしそうになる。

無口《むくち》でぶっきらぼうな祥吾《しょうご》とは正反対《せいはんたい》で、おばさんはおしゃべり好《ず》きでとても明《あか》るい。

祥吾《しょうご》んちは、男《おとこ》だけのふたり兄弟《きょうだい》のせいか、おばさんはわたしと顔《かお》を合《あ》わせるといつも、『女《おんな》の子《こ》はいいわねえ』ってほめてくれる。

この家《いえ》に来《く》ると、平凡《へいぼん》でなんの取《と》り柄《え》もない自分《じぶん》が特別《とくべつ》な存在《そんざい》になったみたいで、くすぐったくなる。

キャンキャン！

おばさんの足《あし》もとによちよち歩《ある》いてきたワン太郎《たろう》も、しっぽを精一杯《せいいっぱい》ふってわたしを歓迎《かんげい》してくれた。

「おはよう、ワン太郎《たろう》〜！」

しゃがみこんで頭《あたま》をわしゃわしゃなでていたら、廊下《ろうか》の奥《おく》からテーピングでぐるぐる巻《ま》きに固定《こてい》された足《あし》が近《ちか》づいてくるのが見《み》えた。

顔《かお》をあげて立《た》ちあがると、

「よう」

祥吾《しょうご》が松葉《まつば》づえをついて立《た》っていた。

朝《あさ》だというのに仏頂面《ぶっちょうづら》で、わたしを見《み》てもにこりともしない。

「ほら、なっちゃんがわざわざむかえに来《き》てくれたんだから、おはようくらい言《い》いなさい」

おばさんから注意《ちゅうい》されても、知《し》らん顔《かお》だ。

「ごめんねえ、なっちゃん。おばさんが送《おく》るって言《い》っても、この子《こ》、いやだって言《い》うもんだから。あ、これ、かばんね。この子《こ》のお弁当《べんとう》大《おお》きいから、すっごく重《おも》いかも。本当《ほんとう》に持《も》てる？」

おばさんが、玄関《げんかん》に置《お》いてあるスポーツバッグを持《も》ちあげる。

「あ、大丈夫《だいじょうぶ》です。わたし、こう見《み》えて力持《ちからも》ちなんで！」

そう言《い》いながら、おばさんの手《て》からスポーツバッグを受《う》けとる。

(……うっ！)

思《おも》ってたより、重《おも》い。

祥吾《しょうご》ったら、毎日《まいにち》こんなかばん持《も》ち歩《ある》いてんの〜??

自分《じぶん》が背負《せお》っているリュックとあわせたら、腰《こし》がぬけそうなくらいだ。

(いやいや、ここで重《おも》そうな顔《かお》しちゃだめだ。おばさんに心配《しんぱい》かけちゃう)

わたしはわざとらしいくらいの笑顔《えがお》を作《つく》って、

「さ、行《い》こ！」

祥吾《しょうご》に声《こえ》をかけた。

「……ったく、ひとりで行《い》けるって言《い》ってんのに、おせっかい焼《や》き」

祥吾《しょうご》が、ぼそっとつぶやく。

（ムカーッ、なにそれ。せっかく人《ひと》が親切《しんせつ》でかばんを持《も》ってあげるって言《い》ってるのに！）

「ほら、いいから行《い》くよっ！」

先《さき》に立《た》って玄関《げんかん》をでる。

「いってらっしゃーい！」

キャンキャン！

おばさんとワン太郎《たろう》に見送《みおく》られて、わたしと祥吾《しょうご》は学校《がっこう》へとむかった。

コツ、コツ
アスファルトをたたく松葉《まつば》づえのリズミカルな音《おと》がひびく。
正門《せいもん》に続《つづ》く坂道《さかみち》までは、細《ほそ》い川《かわ》ぞいの道《みち》を歩《ある》く。歩道《ほどう》は狭《せま》く、前《まえ》から人《ひと》が来《き》たら一列《れつ》にならなきゃいけない。

わたしたちのあとから来《き》た同《おな》じつつじ台中《だいちゅう》の生徒《せいと》が、何人《なんにん》か追《お》いこしていった。

ちらっと祥吾《しょうご》の足《あし》もとを見《み》る。

テーピングで固定《こてい》された足《あし》は、やっぱり痛々《いたいた》しい。

右足《みぎあし》をかばって歩《ある》く姿《すがた》が、普段《ふだん》よちよちとしか歩《ある》けないワン太郎《たろう》の姿《すがた》と重《かさ》なって、よけいに胸《むね》が痛《いた》んだ。

「……ねえ、足《あし》、大丈夫《だいじょうぶ》？」

わたしが声《こえ》をかけると、

「ああ」

祥吾《しょうご》はむすっとした顔《かお》で短《みじか》くそう答《こた》えた。

「もっとゆっくり歩《ある》こうか？」

「いい」

ぴしゃりと言《い》われ、それ以上《いじょう》、会話《かいわ》が続《つづ》かない。

祥吾《しょうご》はわたしと話《はなし》がしたくないのか、視線《しせん》を合《あ》わさず、ずっと前《まえ》をむいたままだ。

（な～によ、そりゃあ、落《お》ちこんでるのはわかるけどさ）

せっかく荷物《にもつ》持ってあげてるんだから、もうちょっと感謝《かんしゃ》してくれてもいいじゃない！

ふたり、だまったまま歩《ある》く。

四《よ》つ辻《つじ》を曲《ま》がり、学校前《がっこうまえ》の坂道《さかみち》に入《はい》ったとたん、つつじ台中生《だいちゅうせい》の姿《すがた》が一気《いっき》に増《ふ》えた。何人《なんにん》かがちらちらとわたしと祥吾《しょうご》を見《み》くらべて、追《お》いこしていく。

（な、なんか誤解《ごかい》されちゃうかな……）

急《きゅう》にはずかしくなり、祥吾《しょうご》との距離《きょり》をちょっとだけ空《あ》けて、またまって歩《ある》く。

しばらく歩《ある》いていたら、後《うし》ろからだれかの声《こえ》がした。

「おう、祥吾《しょうご》。大丈夫《だいじょうぶ》か」

ふりかえると、野球部《やきゅうぶ》の子《こ》たちだった。同《おな》じクラスの古川《ふるかわ》くんもいる。

「救急車《きゅうきゅうしゃ》で運《はこ》ばれちゃったからさー、びっくりしたぜ、マジで」

「おれ、救急車《きゅうきゅうしゃ》、間近《まぢか》で見《み》たの初《はじ》めてだし！」

みんなが祥吾《しょうご》のことを囲《かこ》んでわいわい話《はな》しだした。

（えー、どうしよう）

なんとなく近《ちか》くにいちゃいけないような気《き》がして、後《うし》ろにさがる。

どうしていいかわからず、しばらくその場《ば》で立《た》ちどまっていたら、ふいに古川《ふるかわ》くんがふりかえり、わたしの前《まえ》に手《て》をだした。

「それ、持《も》つよ」

「……えっ？」

なんのことだろうと聞《き》きかえす。

「かばん、祥吾《しょうご》のだろ」

「……そうだけど」

とまどいながら、古川《ふるかわ》くんと遠《とお》ざかっていく祥吾《しょうご》の背中《せなか》を見《み》くらべる。

「祥吾《しょうご》に、持《も》ってくれって頼《たの》まれたから」

そう言《い》うなり、古川《ふるかわ》くんがわたしの肩《かた》から軽々《かるがる》と祥吾《しょうご》のかばんを持《も》ちあげた。

「じゃ」

そのまま、小走《こばし》りで前《まえ》を歩《ある》く野球部《やきゅうぶ》の群《む》れを追《お》いかける。

「……あっ、ちょっと！」

その場《ば》にわたしを置《お》いて、祥吾《しょうご》たちはさっさと校門《こうもん》にむかって歩《ある》いていってしまった。

(ええええ。なによ、あれ〜〜〜っ!)

靴《くつ》を履《は》きかえて教室《きょうしつ》に入《はい》り、あたりを見《み》まわす。古川《ふるかわ》くんは、まだ来《き》ていなかった。

(ふーんだ、なによ。わたしより先《さき》に行《い》ったのに)

だいたい、どういうつもりよ、祥吾《しょうご》のやつ。

わたしのこと置《お》いて先《さき》に行《い》っちゃってさ。

むすっとしたまま自分《じぶん》の席《せき》につこうとしたら、待《ま》ってましたとばかりにまいまいがわたしのそばにかけ寄《よ》ってきた。

「ちょっとちょっと、夏月《なつき》ってば。さっき、見《み》たよ〜」

にたにた笑《わら》って、わたしの背中《せなか》をひじでこづいてくる。

「見《み》たって、なにをよ」

リュックをおろして自分《じぶん》の席《せき》に座《すわ》り、つめたく聞《き》きかえす。

「なにをって、決《き》まってるじゃーん。吉村《よしむら》くんといっしょに登校《とうこう》してたでしょ? ねっ、莉緒《りお》も見《み》たよね」

まいまいの言葉《ことば》に、となりに立《た》つ莉緒《りお》もほおを赤《あか》らめてうなずいた。

「だってしかたないじゃん。足《あし》けがして、松葉《まつば》づえなんだもん。かばん持《も》てないし、しょうがないからいっしょに来《き》ただけだよ」

こともなげにそう言《い》うと、まいまいが「またそんなこと言《い》ってぇ！」とわたしの背中《せなか》をたたいた。

「なんだかんだ言《い》って、夏月《なつき》と吉村《よしむら》くん、やっぱ仲《なか》いいじゃん！」

「だから、そんなんじゃないってば！」

わたしが言《い》っても、聞《き》いちゃいない。

莉緒《りお》と顔《かお》を見《み》あわせて、「ねー！」なんてはしゃいでいる。

「前《まえ》にさ、夏月《なつき》、言《い》ってたじゃん。クリスマスイブ、ひとりぼっちだって」

まいまいの言葉《ことば》に、ぴくりとまゆを動《うご》かす。

「それが、なに？」

「もしかしたら、ひとりぼっちじゃなくなるかもよ？」

目《め》をカマボコみたいなかたちにして、わたしの顔《かお》をのぞきこむ。

「なんでよ。だってわたし、だれとも約束《やくそく》なんてしてないし。そもそもみんなとちがって彼氏《かれし》だっていないし」

ふてくされながらそう答《こた》えると、まいまいがリズムを取《と》るようにひとさし指《ゆび》をふった。

「だーかーらー、チャンスなんだよ！　自分《じぶん》が弱《よわ》ってるときにやさしくされると、男《おとこ》ってグッとくるみたいだよ？」

うんうんと莉緒《りお》もうなずく。

「そうだよ、夏月《なつき》ちゃん。もしかしたらこれをきっかけに、吉村《よしむら》くんといい感《かん》じになって、クリスマスデート！　な〜んて展開《てんかい》になるかもしれないよ？」

手《て》を取《と》りあって、きゃっきゃと盛《も》りあがるふたりをじろりとにらみつける。

「んなわけ、ないでしょ！」

だいたい、このふたりは少女《しょうじょ》まんがの読《よ》みすぎなんだ。現実《げんじつ》は、そんなにうまくいくわけない。

だって、今朝《けさ》も祥吾《しょうご》はずうっとむすっとしたまんまで、まともに話《はなし》もしていない。

せっかく教室《きょうしつ》までかばんを運《はこ》んであげようと思《おも》っていたのに、古川《ふるかわ》くんにかばんを持《も》つように頼《たの》んだりするし、わたしといっしょに歩《ある》くのがいやみたいじゃん！

（……ん？　よく考《かんが》えたら、わたし、なんでこんなにおこってるんだろ？）

重《おも》たいかばんをほかの子《こ》に運《はこ》んでもらえたんだから、それでいいのに。

「と、とにかく、わたしと祥吾《しょうご》は、そんなんじゃないの！　英語《えいご》の予習《よしゅう》するんだから、この話《はなし》は、もうおしまい！」

わたしはリュックから英語《えいご》のテキストを引《ひ》っぱりだして、わざと音《おと》を立《た》てて机《つくえ》に置《お》いた。

まいまいと莉緒《りお》は顔《かお》を見《み》あわせて、肩《かた》をすくめてる。

んもー、だから、そんなんじゃないってば！

4

祥吾《しょうご》のばか！

キーンコーン

カーンコーン

ホームルームが終《お》わるチャイムがなり、みんなが一斉《いっせい》に席《せき》を立《た》つ。

もうすぐ、試験《しけん》一週間前《いっしゅうかんまえ》になる。

このところ、体育祭《たいいくさい》だ文化祭《ぶんかさい》だとなにかと忙《いそが》しく、みんな部活《ぶかつ》に専念《せんねん》できていなかったせいか、運動部《うんどうぶ》の子《こ》たちはあっという間《ま》に教室《きょうしつ》からでていってしまった。

（あれ、なるたんもいないや）

そこで思《おも》いだした。

なるたんは、このところ、ずっと部活《ぶかつ》を休《やす》んでいた。なるたんちに四人目《よにんめ》の弟《おとうと》が生《う》まれたからだ。

それで一番年上《いちばんとしうえ》のなるたんが、弟《おとうと》たちの面倒《めんどう》を見《み》たり、家事《かじ》を手伝《てつだ》ったりしなきゃいけなくて、大変《たいへん》そうだったんだけど、おかあさんは無事出産《ぶじしゅっさん》を終《お》え、退院《たいいん》したらしい。

そのあと、だいぶ落《お》ちついてきたからって、復帰《ふっき》するのを楽《たの》しみにしてたんだっけ。

「夏月《なつき》ちゃん、帰《かえ》りも吉村《よしむら》くんのかばん、持《も》ってあげるの？」

まだのこっていた莉緒《りお》が、わたしにたずねる。

「……うーん、いちおうそのつもりだけど」

朝《あさ》は、あんなことされてムカついたけど、祥吾《しょうご》はけが人《にん》だ。放《ほう》ってはおけない。

わたしがそう返事《へんじ》をすると、莉緒《りお》はほっとしたような顔《かお》で、「それがいいよー」と何度《なんど》もうなずいた。

「話《はなし》は変《か》わるけど……。あのね、前《まえ》に夏月《なつき》ちゃんが言《い》ってたクリスマスパーティー、やっぱりあれ、みんなでやらない？」

「えっ」

とつぜん、なにを言《い》うんだろうと思《おも》って、まじまじと莉緒《りお》の顔《かお》を見《み》た。

実《じつ》は、わたしと莉緒《りお》は『家庭科研究会《かていかけんきゅうかい》』という部活《ぶかつ》に入《はい》っている。

部員《ぶいん》は、わたしたちふたりだけ。

普段《ふだん》はたいした活動《かつどう》はしていないんだけど、月《つき》に一度《ど》だけ、部員以外《ぶいんいがい》の人《ひと》たちに自分《じぶん》たちで作《つく》った料理《りょうり》やお菓子《かし》をふるまう『試食会《ししょくかい》』というのを開催《かいさい》している。

いつもはひとつの食材《しょくざい》をテーマに試食会《ししょくかい》を行《おこな》っているんだけど、来月《らいげつ》はクリスマスだから、クリスマスっぽい料理《りょうり》やお菓子《かし》を作《つく》ろうって話《はなし》をしていたのだ。

その流《なが》れで、「クリスマスパーティーしない？」って誘《さそ》ったんだけど、彼氏《かれし》がいるみんなは忙《いそが》しくて、できそうにないって断《ことわ》られたんだよね。

そのことを、莉緒《りお》は気《き》にしていたみたいだ。

「いいよいいよ。だって、クリスマスはみんな、予定《よてい》があるって言《い》ってたじゃん」

莉緒《りお》はひとりだけ彼氏《かれし》がいないわたしを気《き》づかって言《い》ってくれたんだろうけど、無理《むり》やり約束《やくそく》してもらっても、かえってこっちが気《き》をつかってしまう。

「それは、クリスマスイブでしょ。前日《ぜんじつ》はみんな準備《じゅんび》とかあって忙《いそが》しいだろうけど、二十五日《にち》ならきっと大丈夫《だいじょうぶ》だよ。狭《せま》くてもよければ、わたしの家《いえ》でやってもいいよ。どうせ、おかあさん、仕事《しごと》でいないし」

「……でも」

気《き》をつかわせて申《もう》し訳《わけ》ないな、と思《おも》って言葉《ことば》をにごすと、莉緒《りお》はにこっとほほえんだ。

「べつに、夏月《なつき》ちゃんに気《き》をつかって言《い》ってるわけじゃないよ。わたしも、みんなとクリスマスパーティーしたいなって思《おも》ったの。だって……」

そこで言葉《ことば》をきると、莉緒《りお》はほおを赤《あか》らめて続《つづ》けた。

「中学《ちゅうがく》に入学《にゅうがく》してから、わたし、みんなと友《とも》だちになれたのが、本当《ほんとう》にうれしいんだ。まいと、若葉《わかば》ちゃん、それから夏月《なつき》ちゃんにこんなに仲《なか》よくしてもらえて、わたしの世界《かい》が変《か》わったの。だから、今年最後《ことしさいご》にみんなでパーティーができたらうれしいなって」

（……莉緒《りお》）

わたしと莉緒《りお》は同《おな》じ小学校出身《しょうがっこうしゅっしん》だ。

昔《むかし》から莉緒《りお》は際立《きわだ》ってかわいかったから、顔《かお》は知《し》っていたけど、同《おな》じクラスになったこともなかったし、話《はなし》をしたこともなかった。とってもおとなしいのに男子《だんし》に人気《にんき》があるからか、莉緒《りお》は女子《じょし》にはあまりよく思《おも》われていなかったみたいで、ずっとひとりぼっちでいたようだ。

中学《ちゅうがく》に入学《にゅうがく》してからもそれは変《か》わらず、まいまい以外《いがい》の子《こ》とは、ぜんぜん話《はなし》をしなくて、教室《きょうしつ》のすみにいつもぽつんと座《すわ》っていた。

それが、六月《がつ》ごろ、石崎《いしざき》くんとつきあいはじめてから、莉緒《りお》はちょっとずつ変《か》わってきた。ひかえめでかわいらしい雰囲気《ふんいき》なのは相変《あいか》わらずだけど、自分《じぶん》の思《おも》ったことをちゃんと相手《あいて》に伝《つた》えようとするようになった。

それってできそうで、なかなかできないことだ。

いつもよけいなおしゃべりばかりして、肝心《かんじん》なことはなんにも言《い》えないわたしとはおおちがい。見習《みなら》わなきゃなあって思《おも》う。

さっき莉緒《りお》は、わたしたちが仲《なか》よくしてくれたから世界《せかい》が変《か》わったって言《い》ってたけど、そんなことないと思《おも》う。

莉緒《りお》はきっと石崎《いしざき》くんとつきあいだして、自分《じぶん》に自信《じしん》が持《も》てるようになったんだろう。だから、莉緒自身《りおじしん》が変《か》わることができたんだと思《おも》う。

わたしたちの力《ちから》だけじゃなく。

「ありがとう。そうだね。じゃあ、みんなにまた相談《そうだん》してみよっか。場所《ばしょ》は、うちでもい

いし」

わたしが言《い》うと、莉緒《りお》はうれしそうにうなずいた。

「うん！　じゃあ、わたし、先《さき》に帰《かえ》るね」

「……えっ、今《いま》から帰《かえ》るなら、莉緒《りお》も途中《とちゅう》までいっしょに帰《かえ》ろうよ」

わたしの言葉《ことば》に、莉緒《りお》がううんと首《くび》をふった。

「わたしがいると、夏月《なつき》ちゃん、意地《いじ》はっちゃって素直《すなお》になれないでしょ。せっかくのチャンスなんだし、吉村《よしむら》くん、励《はげ》ましてあげなよ。ねっ？」

笑顔《えがお》でぽんと背中《せなか》をたたかれた。

（だから、そういうんじゃ……）

言《い》いかけて、言葉《ことば》を飲《の》みこんだ。

べつに、祥吾《しょうご》のことをそんな風《ふう》に思《おも》ってるわけじゃない。

でも、けがをして落《お》ちこんでる祥吾《しょうご》が、ちょっとでも元気《げんき》になればいいと思《おも》っているのはたしかだ。

（よーし、莉緒《りお》を見習《みなら》って、ここは素直《すなお》な気持《きも》ちにならなきゃ）

教室《きょうしつ》からでていく莉緒《りお》に手《て》をふりながら、わたしはひそかに決意《けつい》をした。

リュックをかついで、一組《くみ》に祥吾《しょうご》をむかえに行《い》くと、ちょうど帰《かえ》り支度《じたく》を終《お》えた祥吾《しょうご》が立《た》ちあがろうとしているところだった。

「祥吾《しょうご》、帰《かえ》るでしょ。かばん、持《も》つよ」

わたしが言《い》うと、祥吾《しょうご》は短《みじか》く首《くび》を横《よこ》にふった。

「いい。ひとりで持《も》てる」

そう言《い》ったとたんに、松葉《まつば》づえの先《さき》が机《つくえ》の脚《あし》にあたり、よろけてイスにしりもちをついた。

「ほら〜、危《あぶ》ないなあ。意地《いじ》はらないで、かばん、貸《か》しなよ」

あわててかけ寄《よ》り、強引《ごういん》に祥吾《しょうご》からかばんを奪《うば》いとる。

祥吾《しょうご》はふてくされた顔《かお》のまま、立《た》ちあがった。

「いいって言《い》ってんのに」

（むー、感《かん》じ悪《わる》いなあ）

そう思《おも》ったけど、ここでおこったらケンカになる。

(おこらない、おこらない)

呪文《じゅもん》のように心《こころ》のなかで唱《とな》えて、先《さき》に教室《きょうしつ》をでて歩《ある》きだした祥吾《しょうご》のあとを、だまっててついていった。

祥吾《しょうご》に合《あ》わせてゆっくりと階段《かいだん》を降《お》り、下駄箱《げたばこ》で外靴《そとぐつ》に履《は》きかえた。昇降口《しょうこうぐち》から外《そと》にでると、ふいに吹《ふ》きぬけていった風《かぜ》のつめたさに、思《おも》わず身《み》をちぢめる。

「……寒《さむ》ッ」

よく考《かんが》えたら、来月《らいげつ》はもう十二月《がつ》。そりゃあ寒《さむ》いわけだ。

十二月《がつ》になったら、登下校中《とうげこうちゅう》、防寒具《ぼうかんぐ》を身《み》につけてもいいことになっている。

(そろそろマフラーとかだしとかなきゃなあ)

そんなことを考《かんが》えながら歩《ある》いていたら、風《かぜ》に乗《の》ってグラウンドで活動《かつどう》しているいろんな部活《ぶかつ》のかけ声《ごえ》が聞《き》こえてきた。そのなかにはもちろん、野球部《やきゅうぶ》のかけ声《ごえ》もある。

祥吾《しょうご》にももちろん聞《き》こえているだろうけど、なんにも言《い》わずにグラウンドに背《せ》をむけ、校門《こうもん》にむかって歩《ある》いていく。

「昨日《きのう》、試合《しあい》だったのに、今日《きょう》も練習《れんしゅう》、あるんだね」

だまって歩《ある》くのも気《き》づまりで、そう声《こえ》をかけると、祥吾《しょうご》がぼそっと答《こた》えた。

「来月《らいげつ》、交流戦《こうりゅうせん》あるし」

（……あっ、そういえば、ケン兄《にい》がそんなこと言《い》ってたっけ）

運動部《うんどうぶ》は、試合《しあい》の翌日《よくじつ》はオフになることが多《おお》い。

けど、あと数日《すうじつ》で期末試験《きまつしけん》一週間前《いっしゅうかんまえ》になる。

そこから試験《しけん》が終《お》わるまで十日《とおか》ほど練習《れんしゅう》ができないから、今《いま》のうちから交流戦《こうりゅうせん》にむけて、きっとぎりぎりまで練習《れんしゅう》をするんだろう。

「祥吾《しょうご》もさ、でられるよ、きっと」

励《はげ》ますように言《い》ってみたけれど、祥吾《しょうご》はなにも言《い》わずにだまっている。

（あーあ、落《お》ちこんじゃって）

祥吾《しょうご》はもともと口数《くちかず》が少《すく》ない。社交的《しゃこうてき》なケン兄《にい》とは正反対《せいはんたい》で、表情《ひょうじょう》がいつも変《か》わらないからなにを考《かんが》えているのかわかりにくい。

だけど、今回《こんかい》のことはさすがに落《お》ちこんでいるみたい。いつも以上《いじょう》にむっつりしている。

(まあ、そりゃあそうだよねえ)

試合《しあい》にでたい一心《いっしん》で、ずっと練習《れんしゅう》に打《う》ちこんできたのに、せっかくのチャンスを前《まえ》にけがしちゃったんだから。

なんとか元気《げんき》づけてあげられないかなと思《おも》いをめぐらせてみる。

祥吾《しょうご》が元気《げんき》になるもの……。

う〜ん、野球《やきゅう》以外《いがい》で祥吾《しょうご》が好《す》きなものってなんだろう?

ゲームはしないし、まんがもあんまり読《よ》んでるイメージはない。アイドルとかにも興味《きょうみ》なさそうだし、しいて言《い》うなら、食《た》べるのが好《す》きそうってことくらいかなあ……。

(あっ)

そこで思《おも》いついた。

祥吾《しょうご》はこう見《み》えて、意外《いがい》と甘《あま》いものが好《す》きなのだ。わたしがケーキを焼《や》いて、祥吾《しょうご》んちに持《も》っていくと、いつもほとんど祥吾《しょうご》が食《た》べちゃうって前《まえ》にケン兄《にい》が言《い》っていた。

クリスマスにケーキでも焼《や》いてあげたら、喜《よろこ》ぶかも!

（……でも、さすがにクリスマスイブは避《さ》けたほうがいいよね）

変《へん》な意味《いみ》にとられても困《こま》るし、きっと祥吾《しょうご》んちでもクリスマスケーキを買《か》ったりするだろう。まだ決《き》まってないけど、二十五日《にち》はいつものメンバーでクリスマスパーティーをするかもしれないし、二十三日《にち》ならいいよね？

どのタイミングで言《い》いだそうか様子《ようす》をうかがっている間《あいだ》に、家《いえ》の近《ちか》くまで来《き》てしまった。今日《きょう》言《い》っておかないと、言《い》えなくなってしまうかもしれない。わたしは思《おも》いきってきりだした。

「ねえ、祥吾《しょうご》、クリスマスってどうせヒマでしょ」

「……は？」

祥吾《しょうご》が足《あし》を止《と》めて、怪訝《けげん》な顔《かお》でわたしを見《み》る。

「あ、イブじゃないよ？　前日《ぜんじつ》の二十三日《にち》って、祝日《しゅくじつ》でしょ？　その日《ひ》にクリスマスケーキ焼《や》こうかなって思《おも》って。そしたら、持《も》っていってあげるよ。祥吾《しょうご》、甘《あま》いもの好《す》きだし」

一息《ひといき》に言《い》って、祥吾《しょうご》の様子《ようす》をうかがう。すると、祥吾《しょうご》はぎゅっと眉根《まゆね》を寄《よ》せた。

「……いらねえ」

「は？」

一瞬《いっしゅん》、なんて言《い》われたのかわからなかった。

わざわざケーキを焼《や》いてあげるって言《い》ってるのに、まさか「いらない」なんて言《い》われるとは思《おも》わなかったし。

カチンときて言《い》いかえした。

「いらないってなによ、せっかく人《ひと》が……」

そこまで言《い》いかけたところで、祥吾《しょうご》がじろりとわたしをにらむ。

「そんなもん、食《く》ってる場合《ばあい》じゃねえし」

言《い》うなり、わたしの肩《かた》から無理《むり》やりかばんをもぎとった。

「それから、もう明日《あした》から、かばんなんて持《も》ってくれなくていいし」

「……え？　なによ。なんでそんなにおこってんのよ」

なにがなんだかわからずに聞《き》きかえしても、祥吾《しょうご》はぷいっと顔《かお》をそむける。

「じゃあなっ！」

はき捨《す》てるように言《い》うと、祥吾《しょうご》はひょこひょこと松葉《まつば》づえをつきながら、わたしに背中《せなか》

をむけて歩《ある》きだした。

（はあ〜？　なによ、あいつ。信《しん》じらんないっ！）

落《お》ちこんでるみたいだから、せっかく元気《げんき》づけてあげようと思《おも》ったのに！

わたしは祥吾《しょうご》の背中《せなか》にむかってべーっと思《おも》いっきり舌《した》をだしてから、走《はし》って祥吾《しょうご》を追《お》いぬいてやった。

大急《おおいそ》ぎでカギを差《さ》しこみ、玄関《げんかん》に飛《と》びこんで、わざとバタンと音《おと》をたててドアを閉《し》める。

（祥吾《しょうご》のばかっ！　勝手《かって》にしろ！）


ムカムカした気持《きも》ちのまま宿題《しゅくだい》をしたあと、洗濯物《せんたくもの》を取《と》りこみ、晩《ばん》ごはんの下《した》ごしらえを始《はじ》めた。

今日《きょう》はおとうさんが出張《しゅっちょう》でいないから、おかあさんとふたりだけ。帰《かえ》りは八時《じ》ごろになるって言《い》ってたっけ。

それなら、かんたんな丼物《どんぶりもの》とお味噌汁《みそしる》でいいや。あとは、ごはんにかけるだけというところまで作《つく》っておいて、テレビを観《み》ながら洗濯物《せんたくもの》をたたんでいたら、スマホの着信音《ちゃくしんおん》がなりひびいた。

（だれだろ？）

そう思《おも》いながら画面《がめん》を見《み》ると、『ケン兄《にい》』という表示《ひょうじ》がでていた。

時間《じかん》は七時《じ》半前《はんまえ》。メッセージならわかるけど、わざわざ電話《でんわ》してくるなんて、なにかあったのかな。

そう思《おも》いながら、通話《つうわ》ボタンを押《お》す。

「もしもし？」

「あ、なっちゃん？　よかったあ」

通話口《つうわぐち》のむこうでケン兄《にい》がほっと息《いき》をつく声《こえ》が聞《き》こえる。

「あのさ、悪《わる》いんだけど、用事《ようじ》頼《たの》まれてくれないかなあ」

ケン兄《にい》がわたしに頼《たの》みごとをするなんてめずらしい。わたしはすぐに、「いいよ」と答《こた》えてからたずねた。

「で、なにしたらいいの？」

「うちのかあさんに、今晩《こんばん》でかけるからってワン太郎《たろう》の散歩《さんぽ》を頼《たの》まれてたんだけど、部活《ぶかつ》のミーティングが長引《ながび》いちゃってさ。帰《かえ》るのが九時《じ》くらいになっちゃいそうなんだ。とうさんは今日《きょう》遅《おそ》くなるらしいし、祥吾《しょうご》は松葉《まつば》づえだし……。悪《わる》いけどなっちゃん、近所《きんじょ》をぐるっとまわるだけでいいからつれていってやれない？」

「えーっ」

思《おも》わず声《こえ》をだしてしまったら、ケン兄《にい》が申《もう》し訳《わけ》なさそうに続《つづ》けた。

「ごめんね、迷惑《めいわく》だよね」

「ううん、ちがうの、大丈夫《だいじょうぶ》、行《い》くよ」

わたしはあわててスマホを持《も》ちかえた。

ワン太郎《たろう》の散歩《さんぽ》に行《い》くのはぜんぜん平気《へいき》だけど、さっきケンカ別《わか》れしたとこなのに、祥《しょう》吾《ご》と顔《かお》を合《あ》わせなきゃいけないじゃん！

「ごめんね、今《いま》、週《しゅう》に一度《ど》しか外《そと》に散歩《さんぽ》につれていってやれないからさ、ワン太郎《たろう》のやつ、散《さん》歩《ぽ》の日《ひ》はしっかり覚《おぼ》えてるんだよ。つれていかないと、玄関《げんかん》のドアの前《まえ》でクンクンなきつづけちゃうから」

「……うん、そうだよね」

正直《しょうじき》に言《い》うと、今《いま》、祥吾《しょうご》と会《あ》いたくない。でも、ワン太郎《たろう》はもともとわたしが拾《ひろ》ってきた犬《いぬ》なんだから、ちゃんと世話《せわ》してあげなきゃね。

「わかった、すぐつれていくよ」

「ごめんね。あ、お散歩《さんぽ》セットとリードは、いつものとこに置《お》いてあるから」

「了解《りょうかい》」

そう言《い》って、通話《つうわ》をきった。

（あ〜あ、しかたない）

おかあさんにワン太郎《たろう》の散歩《さんぽ》に行《い》ってくるとメールをして、わたしはジャンパーをはおって家《いえ》をでた。

5

真剣《しんけん》なまなざし

ピンポーン

インターホンを押《お》すと、すぐにドアのむこうからワン太郎《たろう》の声《こえ》がした。カリカリとドアを爪《つめ》でこする音《おと》が聞《き》こえてくる。

「はいはい。ワン太郎《たろう》、待《ま》っててね」

声《こえ》をかけたら、キャンキャンと返事《へんじ》があった。なのに、いっこうにドアがあかない。

(んもう、祥吾《しょうご》ったらなにしてんのかな)

一度門《いちどもん》から外《そと》にでて、祥吾《しょうご》の部屋《へや》の窓《まど》を見《み》る。カーテンがしまっていて、真《ま》っ暗《くら》だ。

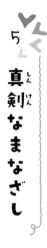

(えーっ、まさかもう寝《ね》てるんじゃないよね。……ん?)

すると庭《にわ》のほうで、なにか音《おと》がした。

なんだろうと思《おも》って、玄関《げんかん》からウッドデッキのむこうにある庭《にわ》へまわってみる。そっとのぞきこんで、息《いき》をのんだ。

ビシュッ
ビシュッ
祥吾《しょうご》が、イスに座《すわ》ったまま素振《すぶ》りをしていた。

（わあ、そんなことして大丈夫《だいじょうぶ》なの？）

祥吾《しょうご》はわたしが見《み》ていることに気《き》がついていないようだ。

よく見《み》ると、耳《みみ》にイヤホンをつけている。それなら、さっきのワン太郎《たろう》のなき声《ごえ》も聞《き》こえていないのだろう。

ひっくりかえったりしないだろうかと、しばらくはらはらしながら見《み》ていたけれど、その真剣《しんけん》なまなざしについ見《み》とれてしまった。

祥吾《しょうご》は小学校《しょうがっこう》の低学年《ていがくねん》のころから野球《やきゅう》チームに入《はい》っている。

そのころからよく家《いえ》の前《まえ》や庭《にわ》で、おじさんやケン兄《にい》相手《あいて》にキャッチボールをしたり、素《す》振《ぶ》りをしたりしていた。

中学《ちゅうがく》にあがる前《まえ》、クラブチームに入《はい》るか、学校《がっこう》の部活《ぶかつ》に入《はい》るかで悩《なや》んでいるみたいだっておばさんから聞《き》いたことがある。

クラブチームだと、いろんな小学校《しょうがっこう》から上手《じょうず》な子《こ》たちが集《あつ》まってくるので、上級生《じょうきゅうせい》にならないとほとんど試合《しあい》にだしてもらえないらしい。

それを聞《き》いて、祥吾《しょうご》は中学《ちゅうがく》で部活《ぶかつ》をすることを選《えら》んだそうだ。

『試合《しあい》にでる』

そのことにこだわって決断《けつだん》したのに、せっかくのチャンスをけがであきらめなきゃいけないなんて……。

(だからよけいにくやしいんだろうな)

その気持《きも》ちは痛《いた》いくらいわかる。

だけど、だからってわたしに八《や》つあたりしなくてもよくない?

さっき、祥吾《しょうご》はなんであんなにおこったんだろ。

登下校《とうげこう》のつきそいだって、せっかくしてあげるって言《い》ってるのに。

そう思《おも》っていたら、

ワン！

すぐそばでなき声《ごえ》がした。ぎょっとして声《こえ》のするほうを見《み》ると、なんとワン太郎《たろう》が小窓《こまど》から鼻先《はなさき》をだして吠《ほ》えていた。

（ぎゃーっ！　わたしがここにいること、祥吾《しょうご》にばれちゃうじゃん！）

「シーッ」

いくらイヤホンをしていても、この距離《きょり》だと聞《き》こえるかも。

ひとさし指《ゆび》を口《くち》にあててこわい顔《かお》を作《つく》ってみたけど、ワン太郎《たろう》はそんなのぜんぜん気《き》にしない。

キャンキャンと甲高《かんだか》い声《こえ》で、よりいっそう吠《ほ》えまくる。

「……おまえ、なにやってんだよ。こんなとこで」

背後《はいご》から祥吾《しょうご》に声《こえ》をかけられ、

「ひゃっ！」

その場《ば》で飛《と》びあがった。

いつの間《ま》にイスから立《た》ちあがったのか、祥吾《しょうご》がわたしのそばにいた。イヤホンもはずしている。

「なんでもない！　ええっと、ケン兄《にい》からワン太郎《たろう》の散歩《さんぽ》頼《たの》まれて、だから、むかえに来《き》ただけ！」

べつにこそこそする必要《ひつよう》なんてないのに、あわてて身振《みぶ》り手振《てぶ》りで言《い》い訳《わけ》をする。

「……ああ、べつにいいよ。一日《にち》くらい散歩《さんぽ》行《い》けなくても。また明日《あした》にでも行《い》けばいいんだから」

祥吾《しょうご》はそう言《い》ったけど、ワン太郎《たろう》はその声《こえ》をかき消《け》すほどキャンキャンないている。

「だ、だめだよ、そんなの！　ワン太郎《たろう》、週《しゅう》に一度《ど》の散歩《さんぽ》、楽《たの》しみにしてるんだから。ほら、リード貸《か》して！」

わたしは祥吾《しょうご》を押《お》しのけて、ウッドデッキにのぼり、テラスのガラス戸《ど》をあけた。

とたんに、ワン太郎《たろう》がよちよちとわたしのほうへかけてくる。

そばに置《お》いてあるワン太郎《たろう》のお散歩《さんぽ》セットをつかんで、素早《すばや》くリードをつける。

「じゃあ、ちょっと行《い》ってくるから」

祥吾《しょうご》になにも言《い》わせないまま、ワン太郎《たろう》を抱《だ》っこして飛《と》びだした。

ワン太郎《たろう》を抱《だ》いて、学校前《がっこうまえ》の坂道《さかみち》へむかって歩《ある》く。

ここの歩道《ほどう》は狭《せま》い。ウォーキングやランニングをしている人《ひと》もいるから、坂道《さかみち》まではワン太郎《たろう》をおろすことができないのだ。

(は〜、さっきはあせった)

なにやってんだよ、って聞《き》かれても、どう説明《せつめい》していいかわからない。

まさか祥吾《しょうご》の素振《すぶ》りしてる姿《すがた》に見《み》とれてた、なんて言《い》えないし！

(……祥吾《しょうご》、試合《しあい》にだしてあげたいなあ)

ケン兄《にい》から聞《き》いた話《はなし》だと、治《なお》るまで二、三週間《しゅうかん》かかるらしい。

足首《あしくび》の捻挫《ねんざ》なんてしたことないけど、もっと早《はや》く治《なお》らないのかなあ？

交流戦《こうりゅうせん》までに間《ま》にあわないものなんだろうか。

もやもやと考《かんが》え事《ごと》をしながら歩《ある》いていたら、学校前《がっこうまえ》の坂道《さかみち》にでた。

角《かど》を曲《ま》がって、ゆるい坂《さか》をくだっていく。とたんに、腕《うで》のなかのワン太郎《たろう》が身《み》をよじりだした。

キャンキャン、クーン！

どうも、自分《じぶん》で歩《ある》きたいらしい。

（ちゃんとわかってるんだなあ）

ワン太郎《たろう》はもともと左足《ひだりあし》が悪《わる》い上《うえ》に、年《とし》をとってきたせいか、長《なが》い時間《じかん》歩《ある》くことができない。それでも、週《しゅう》に一度《ど》の散歩《さんぽ》をとても楽《たの》しみにしている。

今日《きょう》はいつもよりちょっと時間《じかん》が遅《おく》れたから、気《き》が急《せ》いているのだろう。

わたしの腕《うで》から地面《じめん》に降《お》りたったワン太郎《たろう》は、よちよちとおぼつかない足取《あしど》りで歩《ある》きはじめた。本当《ほんとう》はおじいさんなのに、その足取《あしど》りが、なんだか子犬《こいぬ》のようでかわいらしく見《み》える。

坂道《さかみち》から大通《おおどお》りに通《つう》じる横断歩道《おうだんほどう》をわたりきったところで、あわててリードを引《ひ》いた。

ここから先《さき》は駅前通《えきまえどお》りに続《つづ》く道《みち》だ。この時間《じかん》は、仕事帰《しごとがえ》りの大人《おとな》たちが大勢《おおぜい》、駅《えき》からこちらにむかって歩《ある》いてくる。自転車《じてんしゃ》も多《おお》い。

それに、あまり遠《とお》くまで行《い》ってしまうと祥吾《しょうご》も心配《しんぱい》するだろう。

「ほら、ワン太郎《たろう》、そろそろ帰《かえ》るよ。わたしもおなか減《へ》ったし」

そう声《こえ》をかけて抱《だ》きかかえようとして、はっと顔《かお》をあげた。

すぐそばにあるコンビニの横《よこ》の階段《かいだん》から、あずみが背《せ》の高《たか》い男《おとこ》の人《ひと》と降《お》りてきた。

(えええええっ、だれ、あの人《ひと》)

階段《かいだん》を降《お》りきると、ふたりはコンビニの前《まえ》で、親《した》しげに話《はな》しはじめる。

高校生《こうこうせい》？　ううん、きっとちがう。

ジャケットを着《き》て、ネクタイなんかしてる。どう見《み》ても、もっと大人《おとな》な感《かん》じ。

でも、めがねも似合《にあ》ってるし、服《ふく》もおしゃれだし、おまけにカッコいい！

(……もしかして、あずみの彼氏《かれし》？)


あずみは、中学《ちゅうがく》に入学《にゅうがく》して、初《はじ》めてできた友《とも》だちだ。

今《いま》となっては信《しん》じられないくらいだけど、入学《にゅうがく》してすぐのころのわたしは、同《おな》じ小学校《しょうがっこう》出身《しゅっしん》で仲《なか》がよかった子《こ》たちとクラスがはなれてしまい、不安《ふあん》でいっぱいだった。

そんなとき、一番初《いちばんはじ》めに声《こえ》をかけてくれたのがあずみだった。

ちょっと強引《ごういん》なところもあるけど、決断《けつだん》が早《はや》くて、おしゃべりも上手《じょうず》で、すぐにグループのリーダーになった。

そして、あずみに誘《さそ》われるまま、わたしも女子《じょし》バレーボール部《ぶ》に入部《にゅうぶ》した。

クラスでも、部活《ぶかつ》でも、いっしょにいるようになると、わたしはだんだんあずみの強引《ごういん》なところについていけなくなってしまい、結局《けっきょく》バレー部《ぶ》を辞《や》めてしまった。

そのあと、あずみ自身《じしん》も、バレー部《ぶ》の子《こ》たちともめて、夏休《なつやす》み明《あ》けに退部《たいぶ》しちゃったんだよね……。

しばらく気《き》まずくなった時期《じき》もあったけど、この間《あいだ》の文化祭《ぶんかさい》でいっしょに委員《いいん》をしたことがきっかけで、仲《なか》なおりすることができた。

もう、フツーにおしゃべりができる間柄《あいだがら》だ。

うわさによると、あずみはもうすぐバレー部《ぶ》に復帰《ふっき》するらしい。一度《いちど》もめたメンバーのなかに、ふたたびもどろうとするなんて、すごいなあって感心《かんしん》する。

わたしにはそんな勇気《ゆうき》、ぜったいない。

（そのあずみに、実《じつ》はあんなに大人《おとな》で、カッコいい彼氏《かれし》がいたなんて……！）

しばらくすると、ふたりは手《て》をふって別《わか》れた。

男《おとこ》の人《ひと》は、また階段《かいだん》をあがっていく。

（そっかあ。あずみは、ああいう大人《おとな》っぽいタイプが好《す》きなんだなあ。なんか納得《なっとく》！）

そんなことを考《かんが》えながら、ぽけーっと見《み》とれていたら、
キャンキャン！

ワン太郎《たろう》がわたしの腕《うで》のなかでなき声《ごえ》をあげた。

とたんに、あずみがふりかえる。

ひゃあ〜〜〜っ！

もうワン太郎《たろう》って、なんでいっつもこういうときに吠《ほ》えちゃうわけ？

タイミング、悪《わる》すぎ！

「夏月《なつき》……？」

「あ、あの、ごめん。見《み》るつもりじゃ……！」

あたふたして言《い》い訳《わけ》しようとしたら、あずみが首《くび》をかしげた。

「なんで謝《あやま》るわけ？」

「え？　ええっと、なんていうか、今《いま》の人《ひと》、あずみの彼氏《かれし》、でしょ……？」

ごにょごにょ言葉《ことば》をにごすと、あずみがぷっと吹《ふ》きだした。

「やーだ、かんちがいしないでよね！　今《いま》の、小学校《しょうがっこう》のときの塾《じゅく》の先生《せんせい》」

そう言《い》って、コンビニの上《うえ》にある看板《かんばん》を指《ゆび》さす。

ぼんやり光《ひか》る看板《かんばん》には、『ブライト塾《じゅく》　駅前校《えきまえこう》』と書《か》いてあった。

「なあんだ」

わたしもぷっと吹《ふ》きだした。

(そりゃあ、大人《おとな》っぽいはずだよ！)

「けど、いいなあ、ブライト塾《じゅく》。あんなに若《わか》くてカッコいい先生《せんせい》、いるんだ」

わたしが言《い》うと、

「でしょ？　深田先生《ふかだせんせい》、なんたって、わたしの初恋《はつこい》の人《ひと》だもん」

あずみがフフッと笑《わら》った。

「えええええ！　初恋《はつこい》の人《ひと》？」

思《おも》わず、すっとんきょうな声《こえ》がでてしまった。

あのあずみが、しかもわたしなんかに、そんな大事《だいじ》なこと教《おし》えてくれるなんて……！

その声《こえ》におどろいたワン太郎《たろう》が、わたしの腕《うで》から地面《じめん》に飛《と》びおりた。そのまま、クンクンと鼻《はな》をならしながら、あずみの足《あし》もとにすり寄《よ》っていく。

「な～によ、そんなにおどろくことないでしょ。わたしにだって、初恋《はつこい》くらいあるし」

そう言《い》いながら、あずみがしゃがみこんでワン太郎《たろう》の頭《あたま》をなでる。

(いや、もちろんそうなんだけどさ)

あずみがそういう話《はなし》をわたしにしてくれたことに、びっくりしたんだよ……！

心《こころ》のなかで言《い》い訳《わけ》をしていたら、ワン太郎《たろう》をなでていたあずみが顔《かお》をあげた。

「この子《こ》、かわいいね。犬《いぬ》、飼《か》ってたんだ。名前《なまえ》なんていうの？」

そう言《い》われて、あわてて首《くび》を横《よこ》にふる。

「あ、ちがうんだ。ワン太郎《たろう》、祥吾《しょうご》んちの犬《いぬ》なの。知《し》ってる？　一組《くみ》の吉村祥吾《よしむらしょうご》。今日《きょう》、散歩《さんぽ》に行《い》けないからって頼《たの》まれて」

わたしが答《こた》えたら、あずみが「ふうん」と言《い》って上目《うわめ》づかいでわたしを見《み》た。

「知《し》ってるよ。野球部《やきゅうぶ》の子《こ》だよね。夏月《なつき》、前《まえ》におさななじみだって言《い》ってたもんね。犬《いぬ》の

散歩《さんぽ》を頼《たの》まれちゃうほど、仲《なか》いいんだ」

「え！」

わたしはすぐにぶるぶると首《くび》を横《よこ》にふった。

「あの、かんちがいしないでね？　祥吾《しょうご》んち、うちの真《ま》ん前《まえ》なの。それに、祥吾《しょうご》、今《いま》、足《あし》けがしてるから……」

わたしが言《い》い訳《わけ》しようとしても、あずみは聞《き》いちゃいない。

「あー、そういえば、松葉《まつば》づえついてたもんね。今日《きょう》も朝《あさ》いっしょに来《き》てたじゃ〜ん。ますます怪《あや》しい」

そう言《い》ってにやにや笑《わら》う。

(うー、この顔《かお》。……ぜったい誤解《ごかい》されてる！)

「だ、だから、そういうんじゃないってば」

わたしは視線《しせん》をそらしてワン太郎《たろう》を抱《だ》きあげた。

「じゃ、じゃあね。そろそろ帰《かえ》らなきゃ。わたし、まだ晩《ばん》ごはん食《た》べてないし」

帰《かえ》ろうとするわたしの背中《せなか》にむかって、

「あのさ」

あずみが声《こえ》をかけてきた。

「そういうときは、お菓子《かし》とか、お守《まも》りとか、そういうの作《つく》ってあげると効《き》くらしいよ。体育会系《たいいくかいけい》の男子《だんし》には」

「……へっ？」

思《おも》わず足《あし》を止《と》めてふりかえる。

（お菓子《かし》はともかく、お守《まも》りってなんだろう？）

頭《あたま》のなかで考《かんが》える。

そう言《い》われてみれば、運動部《うんどうぶ》で彼女持《かのじょも》ちのカッコいい先輩《せんぱい》たちは、スポーツバッグによくフエルトで作《つく》ったマスコットをつけている。

お守《まも》りって、もしかして、あれのことかな？

お守《まも》りって名前《なまえ》がつくくらいだから、なにかご利益《りやく》があるのかもしれない。

「……っていうか、あずみ、なんでそんなこと知《し》ってんの？」

わたしが聞《き》いたら、あずみは肩《かた》をすくめた。

「前《まえ》に、五十嵐《いがらし》がそんな話《はなし》、してたし」

（……そっか）

六組《ろっくみ》の五十嵐《いがらし》くんは、学外《がくがい》のクラブチームに入《はい》っているサッカー少年《しょうねん》だ。新聞《しんぶん》に写真入《しゃしんい》りで名前《なまえ》がのるほど、サッカーが上手《じょうず》。

わたしと同《おな》じ小学校出身《しょうがっこうしゅっしん》なんだけど、そのころから有名《ゆうめい》だった。

文化祭《ぶんかさい》のとき、五十嵐《いがらし》くんも同《おな》じ文化祭委員《ぶんかさいいいん》に選《えら》ばれた。そういえば、あのときもあずみは五十嵐《いがらし》くんと仲《なか》よさそうにしてたっけ。

「あずみ、五十嵐《いがらし》くんと仲《なか》いいもんね」

わたしの言葉《ことば》に、あずみの顔《かお》が真《ま》っ赤《か》になった。

「は？　べつに五十嵐《いがらし》となんか、仲《なか》よくないから！」

そう言《い》うなり、

「じゃあね！」

あずみは、逃《に》げるように駅《えき》のほうへむかっていった。

（……へっ？　わたし、今《いま》、なんか悪《わる》いこと言《い》った⁇）

しばらくぽかんとして遠《とお》ざかっていくあずみの背中《せなか》を見送《みおく》っていたけれど、はっとした。

コンビニの時計《とけい》を見《み》ると、もうすぐ八時半《じはん》になろうとしている。

(やばっ、すっかり話《はな》しこんじゃった。おかあさん、きっともう帰《かえ》ってるよ)

「帰《かえ》ろう、ワン太郎《たろう》」

わたしはワン太郎《たろう》を抱《かか》えなおして、信号《しんごう》が青《あお》になった横断歩道《おうだんほどう》を小走《こばし》りでわたった。

6 力《ちから》になりたい！

ワン太郎《たろう》をつれて家《いえ》にもどると、ちょうど自転車《じてんしゃ》で帰《かえ》ってきたケン兄《にい》とでくわした。

「あー、なっちゃん。ごめん、ごめん」

あわてた様子《ようす》で自転車《じてんしゃ》を停《と》めると、両手《りょうて》を合《あ》わせて謝《あやま》ってきた。ケン兄《にい》の顔《かお》を見《み》てしっぽをはげしくふって暴《あば》れだしたワン太郎《たろう》が、わたしの腕《うで》からケン兄《にい》の胸《むね》へと飛《と》びこむ。

「思《おも》ったより早《はや》かったね」

わたしが言《い》うと、ケン兄《にい》は申《もう》し訳《わけ》なさそうに頭《あたま》をかいた。

「ミーティングが終《お》わってから、ダッシュで帰《かえ》ってきたんだ。ホント、ごめんね。でも助《たす》かったよ、ありがとう」

「平気平気《へいきへいき》。……あ、そうだ」

そこで、さっきあずみに言《い》われたことをふいに思《おも》いだした。

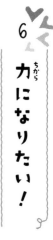

今《いま》は、『伝統芸能部《でんとうげいのうぶ》』という部活《ぶかつ》で、和太鼓《わだいこ》をたたいているケン兄《にい》だけど、中学時代《ちゅうがくじだい》はサッカー部《ぶ》に入《はい》っていた。

きっと、運動部《うんどうぶ》の男子《だんし》の気持《きも》ちがわかっているにちがいない。

「ねえ、ケン兄《にい》。例《たと》えばさ、落《お》ちこんでるときとかに、手作《てづく》りのお菓子《かし》とか、えーっと、お守《まも》りとかもらったりしたら、男子《だんし》ってうれしいもの？」

その質問《しつもん》に、ケン兄《にい》がまじまじとわたしの顔《かお》を見《み》る。

「……え。もしかして、なっちゃん、祥吾《しょうご》のこと」

ケン兄《にい》がそこまで言《い》いかけたところで、はっとした。

顔《かお》が、かーっと熱《あつ》くなる。

「いや、ちがう。ちがうよ！　単《たん》なる一般論《いっぱんろん》として聞《き》いてるだけだから！」

必死《ひっし》で言《い》い訳《わけ》したけれど、ケン兄《にい》は誤解《ごかい》をしたみたい。にこにこ笑《わら》ってうなずいた。

「じゃあ、単《たん》なる一般論《いっぱんろん》として答《こた》えるけど、そりゃあそんなことをしてもらえたら、だれだってうれしいに決《き》まってるよ。自分《じぶん》のためを思《おも》ってしてくれたんだなあって感激《かんげき》すると思《おも》う！　男《おとこ》って、単純《たんじゅん》だから」

「ふ〜ん……」

わたしはなるべくなんでもないような表情《ひょうじょう》を作《つく》って、うなずいた。

(そっか。やっぱりそうなのか)

お菓子作《かしづく》りはともかく、お守《まも》りなんて作《つく》ったことない。どうやって作《つく》ればいいかわかんないけど、とにかく挑戦《ちょうせん》してみよう。

(だって、祥吾《しょうご》のやつ、あんなにがんばってるんだもん。なんとか力《ちから》になってあげたいし!)

「わかった。ありがとう、ケン兄《にい》。じゃあね、ワン太郎《たろう》!」

わたしはケン兄《にい》とワン太郎《たろう》に手《て》をふると、あわただしく家《いえ》へともどった。

(どうやって作《つく》るか調《しら》べなきゃ!)


思《おも》った通《とお》り、おかあさんはもう帰《かえ》っていた。

ほかのことだときっとがみがみおこられただろうけど、ワン太郎《たろう》のお散歩《さんぽ》だったおかげで、なんにも文句《もんく》を言《い》われなかった。いつもお世話《せわ》になっているからか、祥吾《しょうご》んちがらみのことだと、おかあさんはたいてい許《ゆる》してくれる。

ふたりで晩《ばん》ごはんを食《た》べたあと、わたしは部屋《へや》にもどってさっそく自作《じさく》のレシピを見《み》かえした。クッキーは普通《ふつう》だし、マドレーヌは前《まえ》に作《つく》ったことがあるし、パウンドケーキは地味《じみ》だし……。

ぱらぱらとレシピをめくっていたら、デコレーションカップケーキのページが目《め》にとまった。生《なま》クリームたっぷりで、いかにも豪華《ごうか》な感《かん》じがする。

来月《らいげつ》の家庭科研究会《かていかけんきゅうかい》の試食会《ししょくかい》で作《つく》るメニューのひとつだ。

(でも、祥吾《しょうご》は生《なま》クリーム、あんまり好《す》きじゃないから、これはなしかな)

そう思《おも》いかけて、手《て》を止《と》めた。

でも、生《なま》クリームをひかえめにしたら、大丈夫《だいじょうぶ》じゃない？

そうだよ。生《なま》クリームを接着剤《せっちゃくざい》がわりにして、カップケーキの上《うえ》に野球《やきゅう》のボールの形《かたち》のクッキーをのせてデコってもかわいいかも！

「うん、これに決定《けってい》だ！」

そのページにぺたりとふせんを貼《は》る。

あとは、お守《まも》りだけ。

(どうやって作《つく》るのかな……)

そう思《おも》って、スマホで検索《けんさく》をしてみたけれど、でてくるのはどれも本物《ほんもの》のお守《まも》りの画像《がぞう》ばかりだ。

(う~ん、こういうんじゃないんだけどなあ。……よし、明日《あした》学校《がっこう》でリサーチしてみよう!)


翌朝《よくあさ》、学校《がっこう》へむかう途中《とちゅう》、きょろきょろとまわりの先輩《せんぱい》たちのかばんを見《み》た。

野球部《やきゅうぶ》、サッカー部《ぶ》、バスケ部《ぶ》、陸上部《りくじょうぶ》……。

先輩《せんぱい》たちのかばんには、背番号《せばんごう》がアップリケされていたり、動物《どうぶつ》がユニフォームを着《き》ていたりするかわいらしいフエルトマスコットがぶらさがっている。なかにはひとりでいくつもぶらさげている先輩《せんぱい》もいた。

(そうそう、ああいうやつなんだよ! ……けど、どうやって作《つく》るんだろ?)

気《き》になるけど、あまりじろじろ見《み》ると変《へん》なやつだと思《おも》われちゃいそうだ。

やっぱりこういうのは、まいまいに聞《き》くのが一番《いちばん》!

まいまいは、元気《げんき》いっぱいのスポーツ少女《しょうじょ》だけど、実《じつ》は少女《しょうじょ》まんがが大好《だいす》きで、恋《こい》バナも大好物《だいこうぶつ》。ほかのクラスにもたくさん友《とも》だちがいるから、きっと知《し》っているにちがいない。

わたしは足早《あしばや》に教室《きょうしつ》へとむかった。


「……手作《てづく》りのお守《まも》り？」

「うん、ほら、先輩《せんぱい》たちがかばんとかにつけてるでしょ？　あれ、どうやって作《つく》るか知《し》ってる？」

わたしが聞《き》くと、とたんにまいまいがニヤニヤしだした。

「ふ〜ん、それ、だれにあげるのお？」

「うるさいな、だれでもいいでしょ」

小声《こごえ》で言《い》いかえすと、まいまいは声《こえ》をはりあげた。

「やっぱ、吉村《よしむら》くんにあげるんだあ〜」

「シーッ！　声《こえ》が大《おお》きい！」

わたしは鼻《はな》と鼻《はな》がくっつきそうなくらい顔《かお》を寄《よ》せて、口《くち》にひとさし指《ゆび》をあてた。

「い、言《い》っとくけど、まいまいが想像《そうぞう》してるようなことじゃないからねっ！　祥吾《しょうご》、足《あし》をいためのに、それでも早《はや》く練習《れんしゅう》に復帰《ふっき》しようとがんばってるし、応援《おうえん》するつもりでわたすだけなんだから」

わたしが言《い》うと、まいまいはますます目《め》じりをさげてにたりと笑《わら》った。

「だって、あれってつきあってる子《こ》が彼氏《かれし》にあげるものだよ？　ほら、莉緒《りお》が体育祭《たいいくさい》のときに石崎《いしざき》くんにもらったハチマキみたいな感《かん》じ！」

「……え！　そうなの？」

わたしは窓際《まどぎわ》にちんまり座《すわ》って読書《どくしょ》している莉緒《りお》のかばんを見《み》た。

莉緒《りお》のかばんの持《も》ち手《て》には、真《ま》っ青《さお》なハチマキが、リボンみたいにしてむすんである。

あれはつつじ台中学《だいちゅうがく》の伝統《でんとう》らしく、彼氏《かれし》が体育祭《たいいくさい》の応援《おうえん》リーダーに選《えら》ばれたとき、そのハチマキをもらえたら、永遠《えいえん》に仲《なか》よしでいられるってジンクスがあるらしい。

そう言《い》われてみれば、二年《ねん》や三年《ねん》のかわいい先輩《せんぱい》たちは、みんなかばんの持《も》ち手《て》にこのハチマキをむすんでいる。莉緒《りお》もそのひとりってわけだ。

(運動部《うんどうぶ》の先輩《せんぱい》たちがつけてたあの手作《てづく》りのお守《まも》りってそういう意味《いみ》があったのかあ)

せっかくいいアイディアだと思《おも》ったけど、それじゃあわたし、わたせないじゃん！

「五組《くみ》の関口《せきぐち》ゆうなって知《し》ってる?」

とつぜん、まいまいに聞《き》かれて、思《おも》いをめぐらせる。

たしか、中学《ちゅうがく》に入《はい》ってから彼氏《かれし》が五人《にん》くらい替《か》わってるって有名《ゆうめい》な子《こ》だ。つい最近《さいきん》、彼女《かのじょ》がいるサッカー部《ぶ》の遠野《とおの》先輩《せんぱい》に猛《もう》アタックして奪《うば》いとったといううわさを聞《き》いた。

以前《いぜん》、まいまいから聞《き》いた話《はなし》では、小学校《しょうがっこう》時代《じだい》、小坂《こさか》くんにもちょっかいをだそうとしていたらしい。

男子《だんし》には人気《にんき》があるけれど、女子《じょし》からは要注意《ようちゅうい》人物《じんぶつ》として警戒《けいかい》されている。

「うん、知《し》ってるよ。その子《こ》がどうかしたの?」

「あの子《こ》、つきあうたびに相手《あいて》に手作《てづく》りのお守《まも》りわたしてるらしいから、きっといろんな作《つく》り方《かた》を知《し》ってると思《おも》うんだ。わたし、小学校《しょうがっこう》がいっしょだったから、聞《き》いといてあげようか?」

まいまいの言葉《ことば》に、わたしはとんでもないと首《くび》を横《よこ》にふった。

「いいよ、あのお守《まも》りが、つきあってる子《こ》にわたすものだなんて知《し》らなかったし。そんな意味《いみ》があるなら、わたせないもん」

とたんにまいまいが、「なんでよお」とつめ寄《よ》ってきた。

「いいじゃん、べつにつきあってなくても。吉村《よしむら》くん、ぜったい喜《よろこ》ぶって。ま、いいから いいから。とにかくゆうなに作《つく》り方《かた》を聞《き》いてくる。あとで教《おし》えるからね！」

そう言《い》うが早《はや》いか、まいまいはぴゅーっと教室《きょうしつ》からでていった。

（……はやっ！）

ぽかーんとそのうしろすがたを見送《みおく》る。

まいまいって、めっちゃ行動早《こうどうはや》い。ホント、尊敬《そんけい》する！

けど、せっかく聞《き》いてきてもらっても、作《つく》れないなあ……。

そんなことを思《おも》っている間《あいだ》に、予鈴《よれい》がなった。

その日《ひ》の放課後《ほうかご》、教室《きょうしつ》にのこって、莉緒《りお》とふたりで十二月《がつ》の特別試食会《とくべつししょくかい》の打《う》ち合《あ》わせをしてたら、ジャージに着《き》がえたまいまいがかけこんできた。

「夏月《なつき》、お待《ま》たせー！　はい、これ。頼《たの》まれてたやつ」

そう言《い》って、四《よ》つ折《お》りにした紙《かみ》を差《さ》しだす。

「それなあに？」

わたしのとなりで莉緒《りお》が、おっとりと首《くび》をかしげる。

「あ、これね……」

わたしが説明《せつめい》しようとするより先《さき》に、まいまいが話《はな》しはじめた。

「『お守《まも》りマスコット』の作《つく》り方《かた》！　彼女《かのじょ》がいる運動部《うんどうぶ》の子《こ》がよくつけてるでしょ？　図《ず》解入《かいい》りでめっちゃわかりやすいよ〜」

（あれって、『お守《まも》りマスコット』っていうのかあ）

感心《かんしん》してまいまいが差《さ》しだした紙《かみ》を開《ひら》く。

かわいらしいイラストつきで、いろんなパターンの作《つく》り方《かた》が説明《せつめい》してある。

「……あ、そうだ！」

まいまいが、なにか思《おも》いついたみたいに手《て》をポンと打《う》った。

「よく考《かんが》えたら、小坂《こさか》と石崎《いしざき》くんもバスケ部《ぶ》だもんね。クリスマスプレゼントにこの『お守《まも》りマスコット』、わたしてもいいかも！　そしたら、みんなでいっしょに作《つく》れるよ」

まいまいの提案《ていあん》に、莉緒《りお》がとまどった表情《ひょうじょう》でうつむく。

「わたし、お裁縫《さいほう》って、家庭科《かていか》以外《いがい》でしたことないし、上手《じょうず》にできるかなあ」

すると、まいまいが、がははと笑《わら》って莉緒《りお》の背中《せなか》を勢《いきお》いよくたたいた。

「だーいじょうぶだよっ！　ゆうな、すっごいかんたんだって言《い》ってたし。またいっしょに材料《ざいりょう》とか買《か》いに行《い》く日《ひ》、決《き》めよう。じゃあ、わたし部活《ぶかつ》あるから行《い》くね！」

まいまいはにぎやかにそう言《い》うと、あっという間《ま》に教室《きょうしつ》からでていった。

「まいまいって、ほんと前《まえ》むきだよね。まいまいに大丈夫《だいじょうぶ》って言《い》われたら、ホントにできそうな気持《きも》ちになっちゃう」

莉緒《りお》の言葉《ことば》に、「まあねえ」と相槌《あいづち》を打《う》つ。

「……けど、まいまいが一番下手《いちばんへた》だったりして」

舌《した》をだしてみせると、莉緒《りお》がくすくす笑《わら》った。

「夏月《なつき》ちゃん、吉村《よしむら》くんに手作《てづく》りのマスコット、プレゼントするんだ？」

莉緒《りお》にたずねられ、わたしはぶっきらぼうに答《こた》えた。

「えー、わかんない。だってこれ、彼氏《かれし》にわたすやつだっていうし。とりあえず、イブの前《まえ》の日《ひ》にお菓子《かし》だけでもわたそうかなとは思《おも》ってるけど、前《まえ》に祥吾《しょうご》にその話《はなし》したら急《きゅう》におこりだして『いらない』とか言《い》われちゃったしさ」

ぶつぶつ文句《もんく》を言《い》うと、莉緒《りお》が首《くび》をかしげた。

「イブの前《まえ》の日《ひ》……？」

「うん、二十三日《にち》って祝日《しゅくじつ》でしょ。どうせヒマだろうから、クリスマスケーキ焼《や》いて持《も》っていってあげるって言《い》ったらおこっちゃってさ。せっかく励《はげ》ましてやろうと思《おも》ったのに」

すると、莉緒《りお》はかばんからスケジュール帳《ちょう》を取《と》りだして、ぱらぱらとめくりはじめた。

「十二月《がつ》二十三日《にち》って、たしか野球部《やきゅうぶ》は交流戦《こうりゅうせん》がある日《ひ》じゃなかった？」

莉緒《りお》が、はさんでいた各部活《かくぶかつ》の日程表《にっていひょう》を広《ひろ》げる。

「ほら、見《み》て。グラウンド使用《しよう》のところに、『野球部交流戦《やきゅうぶこうりゅうせん》』って書《か》いてある」

わたしは莉緒《りお》が指《ゆび》さした個所《かしょ》を、まじまじと見《み》た。

(えー、だから祥吾《しょうご》、あのとき、あんなにおこったんだ)

そこで、ハッとした。

その日《ひ》を『どうせヒマでしょ』って言《い》うのは、祥吾《しょうご》はどうせ交流戦《こうりゅうせん》にはでられないでしょって意味《いみ》と同《おな》じだ。

わたし、そんな無神経《むしんけい》なこと、言《い》ってしまったんだ！

「莉緒《りお》、すごいね。わたし、そんなのぜんぜん頭《あたま》に入《はい》ってなかったよ」

すると、莉緒《りお》ははずかしそうに顔《かお》を赤《あか》らめた。

「ううん、部活《ぶかつ》ごとの日程表《にっていひょう》、わたしがコピーしたから、たまたま覚《おぼ》えてただけだよ」

「あー、どうしよ。よけいな一言《ひとこと》で、祥吾《しょうご》のこと、傷《きず》つけちゃった。なぐさめるつもりだったのに」

がっくり肩《かた》を落《お》として落《お》ちこんでいると、莉緒《りお》がわたしの肩《かた》にそっと手《て》を置《お》いた。

「そんなことないよ。ほら、この『お守《まも》りマスコット』と、それから夏月《なつき》ちゃんお得意《とくい》の手作《てづく》りスイーツをあげたら、吉村《よしむら》くん、きっと喜《よろこ》んでくれるよ」

「だったらいいけどさあ」

机《つくえ》に突《つ》っぷしたまましょぼくれていると、
コンコン
教室《きょうしつ》のドアをだれかがノックする音《おと》が聞《き》こえた。

7 お守《まも》りマスコット

「あのう、『家庭科研究会《かていかけんきゅうかい》』って、ここですか」

女《おんな》の子《こ》が、ドアからひょこっと顔《かお》をだした。

「そ、そうですけど！」

おどろいて飛《と》びおきる。

わたしたちと同《おな》じ一年生《ねんせい》だろうか。見《み》たことのない子《こ》だ。

ちょっとくせ毛気味《げぎみ》の髪《かみ》をふたつにまとめ、黒《くろ》いフレームのめがねをかけている。

莉緒《りお》が知《し》っている子《こ》かもしれないと思《おも》って目配《めくば》せしてみたけど、莉緒《りお》も小《ちい》さく首《くび》をふった。どうやら莉緒《りお》も知《し》らない子《こ》のようだ。

「見学《けんがく》ってできたりします？」

女《おんな》の子《こ》は表情《ひょうじょう》を変《か》えず聞《き》いてきた。

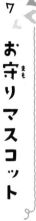

「ええっと、試食会《ししょくかい》、じゃなくて？」

わたしが質問《しつもん》したら、女《おんな》の子《こ》はうなずいた。

「あ、もちろん次《つぎ》の試食会《ししょくかい》もでたいんですけど、作《つく》るところとかも見学《けんがく》させてもらえたらなあと思《おも》って。……将来的《しょうらいてき》に入部《にゅうぶ》したいと思《おも》ってるんで」

その言葉《ことば》に、わたしと莉緒《りお》は顔《かお》を見《み》あわせた。

（ど、どうする？　入部希望者《にゅうぶきぼうしゃ》だよ！）

（とりあえず、名前聞《なまえき》いとく？）

こそこそふたりで話《はな》しあってから、こほんと咳払《せきばら》いをした。

「あの、じゃあ、名前《なまえ》とクラスを教《おし》えてもらっていいですか？　試食会《ししょくかい》の日程《にってい》が決《き》まったら、買《か》いだしとか下準備《したじゅんび》の日《ひ》、知《し》らせます」

そう言《い》ってノートとペンを差《さ》しだす。

女《おんな》の子《こ》はそこにさらさらと、クラスと名前《なまえ》を書《か》いた。

一年五組　井上希星
とてもきれいな字《じ》だ。

わたしはまじまじとその名前《なまえ》を見《み》た。

「ごめんなさい、名前《なまえ》、なんて読《よ》むの？」

わたしが聞《き》くと、女《おんな》の子《こ》は一瞬《いっしゅん》言葉《ことば》につまったあと、めがねを指《ゆび》で押《お》しあげて答《こた》えた。

「……いのうえきららです。では、連絡《れんらく》待《ま》ってます」

早口《はやくち》でそう答《こた》えると、井上《いのうえ》さんはさっさと教室《きょうしつ》からでていってしまった。

（……あれっ、今《いま》、わたし、なんか悪《わる》いこと言《い》ったかな）

井上《いのうえ》さんの表情《ひょうじょう》が、なんとなく、むすっとしたように見《み》えた。

不安《ふあん》になって莉緒《りお》にたずねる。

「わたし、井上《いのうえ》さんのこと、おこらせちゃったかな」

「えー？　そんなことないんじゃない？　夏月《なつき》ちゃん、べつになにも変《へん》なこと言《い》ってないよ」

「だよねえ」

よくわからないまま、井上《いのうえ》さんの書《か》いたメモを見《み》る。

「けど、入部希望《にゅうぶきぼう》って初《はじ》めてだよね」

「ねっ」

顔《かお》を見《み》あわせて、ふふっと笑《わら》いあう。

『家庭科研究会《かていかけんきゅうかい》』を立《た》ちあげたのは、夏休《なつやす》み明《あ》けのこと。莉緒《りお》がわたしと同《おな》じ料理好《りょうりず》きらしいとなるたんから教《おし》えてもらい、思《おも》いきって誘《さそ》ってみた。

ふたりでずっと試行錯誤《しこうさくご》しながら活動《かつどう》してきたおかげで、試食会《ししょくかい》は少《すこ》しずつ参加人数《さんかにんずう》が増《ふ》え、『家庭科研究会《かていかけんきゅうかい》』の存在《そんざい》はだいぶ知《し》られるようになった。

だけど、なかなか入部希望《にゅうぶきぼう》の子《こ》はあらわれなかったんだよね。

「よし、次《つぎ》で挽回《ばんかい》だ。井上《いのうえ》さん、わたしたちといっしょに活動《かつどう》したいって思《おも》ってくれたらいいんだけどなあ」

「がんばらなきゃね」

莉緒《りお》と、ぱちんと手《て》を合《あ》わせる。

よ〜し、こっちもがんばるぞお！

数日後《すうじつご》、十二月《がつ》の試食会《ししょくかい》の日程《にってい》が決《き》まったことを井上《いのうえ》さんに伝《つた》えに行《い》ったら、その日《ひ》は予定《よてい》が合《あ》わなくて見学《けんがく》できないと断《ことわ》られた。この間《あいだ》おこらせちゃったからかなと心配《しんぱい》していたけど、法事《ほうじ》があって学校《がっこう》も休《やす》むそうだ。そう聞《き》いてほっとした。

(じゃあ、見学《けんがく》に来《き》てくれるのは来年《らいねん》か。もしかしたら、この調子《ちょうし》で部員《ぶいん》も増《ふ》えるかも〜)

そう思《おも》ってから、気《き》がついた。

年《とし》が明《あ》けてしばらくすると、わたしたちももう二年生《ねんせい》。春《はる》には新入生《しんにゅうせい》が入《はい》ってくる。

そうなると、わたしたちは先輩《せんぱい》になる。

(な〜んか中学《ちゅうがく》に入《はい》ってから、あっという間《ま》に時間《じかん》がすぎた感《かん》じがするなあ)

中学生《ちゅうがくせい》になって、わたしもちょっとは成長《せいちょう》したのかな。

そんなことを思《おも》ってから、ふっとひとりで笑《わら》う。

そんなの、自分《じぶん》でなんてわからないよね。

いつか、大人《おとな》になってからわかるときが来《く》るのかな。

そのとき、わたしはどんな大人《おとな》になってるんだろう。

自分《じぶん》が大人《おとな》になったときのことなんて、今《いま》はぜんぜん想像《そうぞう》できないけれど。

祥吾《しょうご》の松葉《まつば》づえは、一週間《いっしゅうかん》もしないうちに使《つか》わなくてすむようになった。

登校途中《とうこうとちゅう》、前《まえ》を歩《ある》く祥吾《しょうご》のうしろすがたを見《み》る。

よく見《み》ると、ちょっと引《ひ》きずり気味《ぎみ》にはしているけれど、もう普通《ふつう》に歩《ある》いている。部活《ぶかつ》へは、期末試験《きまつしけん》が終《お》わってから参加《さんか》するらしい。

(ふーん、けっこう早《はや》く治《なお》ったんだな)

もちろん、いいことなんだけど、それじゃあせっかく作《つく》った『お守《まも》りマスコット』をあげる理由《りゆう》がなくなっちゃうような気《き》がして、それはそれでちょっと困《こま》る。


実《じつ》はこの間《あいだ》、『みんなで試験勉強《しけんべんきょう》をする』という名目《めいもく》で、放課後《ほうかご》、わたしの家《いえ》に集《あつ》まった。

もちろん『お守《まも》りマスコット』を作《つく》るためだ。

なんと、なるたんの彼氏《かれし》の諒太《りょうた》くんも、以前通《いぜんかよ》っていたスイミングスクールに復帰《ふっき》することになったらしくて、急遽《きゅうきょ》なるたんもいっしょに作《つく》ることになった。

まいまいの話《はなし》によると、諒太《りょうた》くんはもともと競泳《きょうえい》の選手《せんしゅ》で、小学生《しょうがくせい》のころは大《おお》きな大会《たいかい》で優勝《ゆうしょう》するくらいの実力《じつりょく》があったらしい。

「顔《かお》がカッコよくて、家《いえ》もお金持《かねも》ちで、頭《あたま》もよくて、スポーツもできるなんて、諒太《りょうた》くん、完璧《かんぺき》じゃん。すごいねえ」

わたしが言《い》うと、なるたんは涼《すず》しい顔《かお》で、「でっしょ〜？」なんて言《い》ってのけた。

（へーっ、なるたんでも、のろけたりするんだ）

入学《にゅうがく》したころのなるたんは、いつもピンと背筋《せすじ》を伸《の》ばして隙《すき》がなくて、ちょっぴり気《き》が強《つよ》い女《おんな》の子《こ》に見《み》えたのに、最近《さいきん》のなるたんは表情《ひょうじょう》が柔《やわ》らかくてすごく話《はな》しやすくなった気《き》がする。

（きっと、諒太《りょうた》くんのおかげなんだろうなあ）

前《まえ》までの凜《りん》とした雰囲気《ふんいき》のなるたんもよかったけど、わたしは今《いま》のなるたんのほうが好《す》きかも。

もちろん、そんなこと、口《くち》にだしたりはしないけど。

「ね、それよりこれでいいんだよね、材料《ざいりょう》って」

なるたんに言《い》われて、あわてて買《か》い物袋《ものぶくろ》に入《はい》っているものと買《か》い物《もの》メモを見《み》くらべて確《かく》認《にん》する。

赤《あか》、青《あお》、緑《みどり》、黄色《きいろ》、ピンクに水色《みずいろ》……。

色《いろ》とりどりのフエルトに、刺繍糸《ししゅういと》とマスコットにつめる綿《わた》。色《いろ》も数《かず》もばっちりだ。

ばらばらに買《か》うよりもみんなでシェアしたほうがいろんな色《いろ》を使《つか》えるからって、いっしょに買《か》うことにしたのだ。

「基本《きほん》になるサイズはこれね。もし動物《どうぶつ》とかボールのマスコットにするなら、型紙《かたがみ》はこれ。

ゆうなによると、お裁縫初心者《さいほうしょしんしゃ》はこっちのシンプルなタイプのほうが失敗《しっぱい》しないって」

まいまいが、関口《せきぐち》さんからもらった作《つく》り方《かた》が書《か》かれた紙《かみ》を広《ひろ》げて説明《せつめい》する。

「わたし、かんたんなほうにする」

お菓子作《かしづく》りは好《す》きだけど、お裁縫《さいほう》の経験《けいけん》ほとんどゼロのわたしは、即座《そくざ》にかんたんなほうを選《えら》んだ。

まいまいとなるたんも「わたしもそっち！」と即決《そっけつ》だ。

「……わたし、がんばってこっちを作《つく》ってみようかな」

莉緒《りお》が、おずおずとくまさんのマスコットを指《ゆび》さした。

おお〜っ
思《おも》わず三人《にん》で歓声《かんせい》をあげる。

「この間《あいだ》、『お守《まも》りマスコット』の話《はなし》を聞《き》いてから、家《いえ》でちょっとずつお裁縫《さいほう》の練習《れんしゅう》してみたの。そしたら案外楽《あんがいたの》しかったし、挑戦《ちょうせん》してみようかなと思《おも》って。うまくできるかわからないけど……」

とたんに、莉緒《りお》の真《ま》っ白《しろ》なほおが赤《あか》く染《そ》まる。

「いやいや、莉緒《りお》ならできるよ！」

「むしろ、莉緒《りお》はそっちじゃなきゃだめな感《かん》じする！」

「うちらはぜったいムリだけどね！」

不器用《ぶきよう》なことにはぜったいの自信《じしん》がある三人組《にんぐみ》は、うんうんとうなずきあった。

「じゃあ、さっそく始《はじ》めよっか」

そこで、はたと気《き》がついた。

「でもさ、みんなまったく同《おな》じだったら、やばくない？　諒太《りょうた》くんは学校《がっこう》ちがうからまだいいけど、小坂《こさか》くんと祥吾《しょうご》がおそろいの『お守《まも》りマスコット』つけてるってなんか変《へん》だし」

「……た、たしかに」

わたしとまいまいはしばらく顔《かお》を見《み》あわせたあと、うーんと腕《うで》を組《く》んだ。

「形《かたち》はいっしょでも、色《いろ》を変《か》えたら印象《いんしょう》ちがうって。わたし、黄色《きいろ》にする！」

そう言《い》って、なるたんがぱっと黄色《きいろ》のフエルトを取《と》った。

「え！　ずるい、なるたん。じゃあ、わたし、青《あお》！」

「じゃあ、わたしは緑《みどり》！」

みんなで型紙《かたがみ》から型《かた》を取《と》り、ちょきちょきフエルトを切《き》っていく。

色《いろ》の組《く》み合《あ》わせをどうするかとか、番号《ばんごう》がうまく切《き》りぬけないだとか、わいわいおしゃべりをしていたけれど、いざ縫《ぬ》いつける作業《さぎょう》に入《はい》ると、みんな無口《むくち》になった。

「……イタッ！」

途中《とちゅう》、何度《なんど》か針《はり》で刺《さ》してしまい、指先《ゆびさき》をなめる。

（ううっ、やっぱ、お裁縫《さいほう》は苦手《にがて》だなあ～）

しばらく作業《さぎょう》を中断《ちゅうだん》して、みんなの進《すす》み具合《ぐあい》をのぞく。

（みんな、大好《だいす》きな彼《かれ》に喜《よろこ》んでもらいたいと思《おも》って、真剣《しんけん》なんだな）

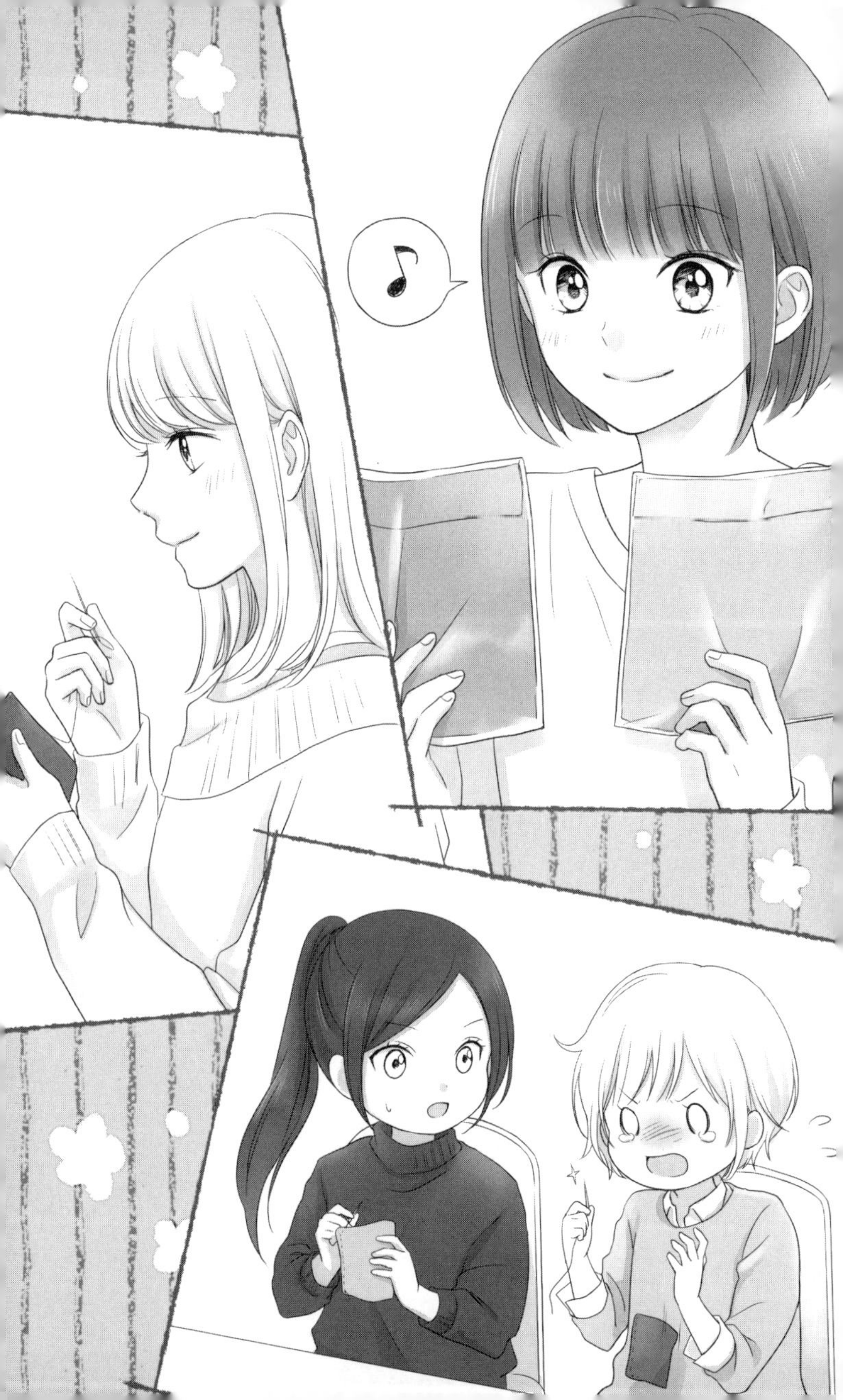

そう思《おも》うと、わたしもがんばらなきゃと俄然《がぜん》はりきってしまった。
よく考《かんが》えたら、わたしだけ彼氏《かれし》へのプレゼントじゃないんだけど。

あの日《ひ》、一日《にち》かけて作《つく》りあげたマスコットは、多少《たしょう》ゆがんではいるけれど、初《はじ》めてにしてはなかなかうまくできたと思《おも》う。

緑地《みどりじ》に黄色《きいろ》の糸《いと》で『必勝《ひっしょう》！』と刺繍《ししゅう》して、裏側《うらがわ》は黄色《きいろ》のフエルトで『SHOGO《ショーゴ》』とアップリケをした。

すぐに取《と》れたりしないように、緑《みどり》と黄色《きいろ》と白《しろ》の刺繍糸《ししゅういと》を編《あ》み、ストラップにしてみた。

バラエティショップで買《か》ってきたラッピング袋《ぶくろ》に入《い》れて、赤《あか》と緑《みどり》のクリスマスカラーのリボンをむすんでみる。

自分《じぶん》で言《い》うのもなんだけど、なかなかのできだ。

あとは、試合前《しあいまえ》にわたすだけだけど、そのタイミングがむずかしい。

この間《あいだ》はうかつなこと言《い》っておこらせちゃったし、次《つぎ》の交流戦《こうりゅうせん》、祥吾《しょうご》がだしてもらえるかどうかなんてわからないんだよね……。

（なにより、祥吾《しょうご》のやつ、あんなマスコットあげたとしても、どうせつけてなんかくれないだろうしなあ）

男子《だんし》のなかには、キャラクターのついた文房具《ぶんぼうぐ》を使《つか》う子《こ》もいるけれど、祥吾《しょうご》はぜったいそんなの使《つか》わない。女子的《じょしてき》なにおいのするものを、とことん拒否《きょひ》している。

ケン兄《にい》はメッセージをくれるとき、キャラクターのスタンプを使《つか》うけど、祥吾《しょうご》は必要最《ひつようさい》低限《ていげん》の連絡《れんらく》しかしてこないくらいだ。マスコットをつけるところなんて想像《そうぞう》すらできない。

（……それに、わたし、彼女《かのじょ》なんかじゃないしなあ）

わたしの少《すこ》し先《さき》を歩《ある》く祥吾《しょうご》の背中《せなか》を見《み》ていたら、祥吾《しょうご》のかばんから、なにか落《お》ちたのが見《み》えた。

「祥吾《しょうご》！　なんか落《お》としたよ」

声《こえ》をかけたけれど、祥吾《しょうご》は聞《き》こえなかったみたいで、坂道《さかみち》につながる角《かど》を曲《ま》がってしまった。

（なに落《お》としたんだろ？）

そばにかけ寄《よ》り、拾《ひろ》いあげようとして、あっと声《こえ》をあげそうになった。

「……これ」

それは、手作《てづく》りの犬《いぬ》のマスコット。

一学期《がっき》、ケン兄《にい》の学校《がっこう》の文化祭《ぶんかさい》にいっしょに行《い》ったとき、ゲームコーナーの景品《けいひん》でもらったものだ。わたしも服《ふく》が柄《がら》ちがいの同《おな》じものを持《も》っている。

お店番《みせばん》をしていた人《ひと》たちにカレカノだとかんちがいされて、ふたり、おそろいでもらったものだ。

(え〜っ、祥吾《しょうご》ったら、このマスコット、かばんにつけてたの？)

ぜんぜんイメージに合《あ》わない。

でも、今《いま》まで学校《がっこう》にいっしょに行《い》ったときは、こんなの、かばんにつけてるところなんて見《み》たことがなかった。

いったい、どこにつけてたんだろ？

そう思《おも》ってよく見《み》たら、犬《いぬ》の顔《かお》やしっぽに泥《どろ》がついていた。

(……あー。もしかしたら、スパイク入《い》れとかにつけてたのかな)

それなら、外《そと》から見《み》えないから、つけてるかどうかなんてわからない。

（ふーん、あの祥吾《しょうご》がねえ）

普段《ふだん》、こんなかわいらしいマスコットなんてぜったいつけたりしないタイプなのに、なんで急《きゅう》につける気《き》になったんだろ。

そう思《おも》ったら、なんだかにやけてきた。

べつにわたしが喜《よろこ》ぶようなことじゃないはずなのに。

（……変《へん》なの！）

8 復《ふっ》帰《き》戦《せん》

期末試験終了後《きまつしけんしゅうりょうご》から、祥吾《しょうご》は野球部《やきゅうぶ》の練習《れんしゅう》に復帰《ふっき》した。

最初《さいしょ》は見学《けんがく》しながらの復帰《ふっき》だったけど、足《あし》の具合《ぐあい》は、ほぼ大丈夫《だいじょうぶ》らしい。

だけど、ケン兄《にい》にこっそり教《おし》えてもらった話《はなし》によると、二十三日《にち》に行《おこな》われる交流戦《こうりゅうせん》のスターティングメンバーに選《えら》ばれるのは、絶望的《ぜつぼうてき》だそうだ。

（あ〜あ、がっかりしてるだろうなあ、祥吾《しょうご》）

せっかく作《つく》った『お守《まも》りマスコット』も、試合《しあい》にでられないんじゃあ、わたすとかえっておこらせちゃうよね……。

ずっと練習《れんしゅう》できなかったんだし、しかたないとはいえ、あれだけがんばってたんだから、きっと落《お》ちこんでるだろうな。

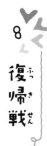

「夏月《なつき》ちゃん？」

莉緒《りお》が心配《しんぱい》そうな顔《かお》でこっちを見《み》ている。

「どうかした？　さっきから、ぜんぜん手《て》が動《うご》いてないみたいだけど」

そう言《い》われて、はっとした。

手《て》に持《も》ったハンドミキサーが、ケーキ生地《きじ》をぐるぐるとまわしつづけている。ぼおっとしていたせいか、生地《きじ》があたりに飛《と》びちっている。

「あー、ごめんごめん。もうこれ、いいよね」

あわててハンドミキサーのスイッチを止《と》め、ふきんで調理台《ちょうりだい》をふく。

明日《あした》は、二学期最後《がっきさいご》の授業日《じゅぎょうび》で、今年最後《ことしさいご》の試食会《ししょくかい》。

今月《こんげつ》はクリスマスが近《ちか》いこともあって、『クリスマス特別試食会《とくべつししょくかい》』をすることになっている。

当日《とうじつ》のメニューは、
チキンときのこのキッシュ
クリスマス風《ふう》クラムチャウダー

デコレーションカップケーキの三品《しな》。

今日《きょう》は、わたしの家《いえ》でその下準備《したじゅんび》をしてるってわけ。

「あとはこの生地《きじ》を型《かた》に流《なが》して焼《や》くだけだね。たくさん来《き》てくれるといいなあ」

わたしの言葉《ことば》に、

「きっと今《いま》までで一番《いちばん》大勢《おおぜい》来《く》るよ！」

莉緒《りお》がはずんだ声《こえ》で答《こた》える。

今日《きょう》下《した》ごしらえをしておいた食材《しょくざい》や焼《や》いておいたカップケーキを、明日《あした》学校《がっこう》に持《も》っていって、あとは火《ひ》を通《とお》したりデコレーションしたりするだけ。

放課後《ほうかご》、彩《いろど》りのための野菜《やさい》や果物《くだもの》はすべて切《き》って用意《ようい》してきた。家庭科室《かていかしつ》も、クリスマス用《よう》の飾《かざ》りつけがばっちりできている。

ふたりで手《て》わけをしてカップケーキ型《がた》に生地《きじ》を流《なが》しこみ、オーブンにセットした。

「とりあえず、これで一段落《いちだんらく》だね！」

使《つか》った調理器具《ちょうりきぐ》をキッチンのシンクに運《はこ》びながら、首《くび》をぐるりとまわしてみせる。

ふたりでならんで調理器具《ちょうりきぐ》を洗《あら》っていたら、オーブンから甘《あま》い香《かお》りが漂《ただよ》ってきた。

「う〜ん、この香《かお》り。しあわせな気持《きも》ちになるね！」

ふたりで顔《かお》を見《み》あわせて笑《わら》いあう。

「夏月《なつき》ちゃん。吉村《よしむら》くんに、このケーキ、あげるの？」

ふいに莉緒《りお》に聞《き》かれ、ううんと首《くび》を横《よこ》にふる。

「祥吾《しょうご》、スタメンに選《えら》ばれるの、むずかしそうってケン兄《にい》が言《い》ってたし。せっかくみんなで作《つく》ったんだけど、『お守《まも》りマスコット』も、わたせなくなっちゃった」

わざとおどけたように言《い》ってみる。

「……そうなんだ。けど、試合《しあい》にでられなくても、せっかく夏月《なつき》ちゃんが気持《きも》ちをこめて作《つく》ったんだもん。もらえたらうれしいと思《おも》うけどな」

莉緒《りお》が遠慮《えんりょ》がちにそう言《い》ってくれたけど、うつむいて続《つづ》けた。

「そりゃあ、莉緒《りお》たちみたいに、カレカノだったらどんな状況《じょうきょう》でももらってくれるだろうけど、わたしと祥吾《しょうご》はそういうんじゃないから、無理《むり》だよ」

言《い》ってから、あわててつけたす。

「あ、ごめんね。なんか、ひがんだようなこと言《い》っちゃって……」

莉緒《りお》はそれには答《こた》えず、わたしの顔《かお》をのぞきこんだ。

「わたしは吉村《よしむら》くんのこと、よく知《し》らないからなにも言《い》えないけど……。でも、夏月《なつき》ちゃんはそれでいいの？」

そう聞《き》かれて、胸《むね》がとくんと音《おと》を立《た》てる。

それでいいなんて、思《おも》ってない。

だけど、わたしの一方的《いっぽうてき》な押《お》しつけで、祥吾《しょうご》をおこらせるのはいやなんだ。

「……しかたないよ」

そうなんだ。だれが悪《わる》いわけでもない。

わたしと祥吾《しょうご》はそういう関係《かんけい》じゃない。ただ、それだけ。

「でも、応援《おうえん》には行《い》くつもり！　どうせ、わたし、ヒマだしね」

そう言《い》って、がははとわざとおおげさに笑《わら》ってみせた。

莉緒《りお》は、くすりとも笑《わら》わなかったけど。

今年最後《ことしさいご》の『試食会《ししょくかい》』は大盛況《だいせいきょう》のうちに終《お》わった。

今《いま》までは参加者《さんかしゃ》のほとんどが女子《じょし》だったけど、今回《こんかい》はいつもよりボリュームがある料理《りょうり》だったせいか、男子《だんし》や、先輩《せんぱい》も数人《すうにん》いた。

特《とく》に好評《こうひょう》だったのは、クリスマス仕様《しよう》のカップケーキ。

たくさんの子《こ》たちに、『バレンタインのとき、作《つく》り方教室《かたきょうしつ》を開《ひら》いてほしい』と頼《たの》まれたくらいだ。

（そっかあ、そういう活動《かつどう》もアリなんだなあ）

来年《らいねん》にむけて、新《あたら》しい目標《もくひょう》もできた。

「莉緒《りお》、来年《らいねん》もがんばろうね」

「うん！　いろいろチャレンジしよう」

ふたりで後片《あとかた》づけをしながら、うふふと笑《わら》いあった。


二十三日《にち》には、午後《ごご》からつつじ台中学《だいちゅうがく》で野球部《やきゅうぶ》の交流戦《こうりゅうせん》が行《おこな》われた。

今回《こんかい》は、家《いえ》が近《ちか》いということもあって、祥吾《しょうご》のおとうさんとおかあさんもいっしょに行《い》くことになった。祥吾《しょうご》もさすがに来《こ》ないでとは言《い》えなかったようだ。

ケン兄《にい》も来《き》たがってたんだけど、部活《ぶかつ》があってどうしても来《こ》られなかったらしい。

わたしたちはグラウンドにほど近《ちか》い石段《いしだん》の一番上《いちばんうえ》にレジャーシートとざぶとんを敷《し》いてならんで座《すわ》った。つめたい風《かぜ》が吹《ふ》きつけて寒《さむ》いけど、ここからなら、全体《ぜんたい》を見《み》わたせる。

ほかにも選手《せんしゅ》の保護者《ほごしゃ》やほかの部活《ぶかつ》の子《こ》たち、引退《いんたい》した野球部《やきゅうぶ》の先輩《せんぱい》たちも来《き》ていた。

交流戦《こうりゅうせん》の相手校《あいてこう》である苑田中学《そのだちゅうがく》は、つつじ台中学《だいちゅうがく》のとなりの学区《がっく》だ。そのせいか、相手側《あいてがわ》の応援《おうえん》もたくさん来《き》ている。

さすがに前回《ぜんかい》のように吹奏楽部《すいそうがくぶ》の応援《おうえん》はなかったけれど、公式戦《こうしきせん》ではないのに、けっこうな観客数《かんきゃくすう》だ。

グラウンドに目《め》を移《うつ》すと、スタメンの子《こ》たちが練習《れんしゅう》を始《はじ》めていた。祥吾《しょうご》は、補欠《ほけつ》の子《こ》たちとならんで声《こえ》をだしている。

「あ〜あ、やっぱ祥吾《しょうご》、選《えら》ばれなかったんだな」

しょんぼりしてそう言《い》ったら、おじさんが声《こえ》をかけてくれた。

「いやいや。代打《だいだ》ってこともあるしね。そしたら、なっちゃん、祥吾《しょうご》のこと、応援《おうえん》してやってね」

「はい、もちろん！」

返事《へんじ》をしてから気《き》がついた。

そうだよ、もしかしたらこの前《まえ》みたいに、途中《とちゅう》でだしてもらえることだってあるかもしれない。勝手《かって》に落《お》ちこんでないで、しっかり応援《おうえん》してあげなきゃ！

試合開始直後《しあいかいししちょくご》から、苑中《そのちゅう》は連続《れんぞく》してヒットを打《う》ち、台中《だいちゅう》は五対《たい》一と大《おお》きく引《ひ》きはなされてしまった。

台中《だいちゅう》の子《こ》たちは緊張《きんちょう》しているのか、それともこの寒《さむ》さのせいで体《からだ》が動《うご》かないのか、なんでもないミスばかり連発《れんぱつ》している。

五回裏《かいうら》も、三者凡退《さんしゃぼんたい》であっさり攻守交替《こうしゅこうたい》されてしまった。

(あ〜、もう、ぜんぜんダメじゃん！　さっさと祥吾《しょうご》だしてよ！)

野球《やきゅう》のルールのことなんてわからないのに、監督《かんとく》をにらみつける。

おじさんの話《はなし》では、むこうのピッチャーは重《おも》めの球《たま》を投《な》げるから、バットにあたってもなかなか飛《と》ばないんだという。

(重《おも》めの球《たま》ってなんだろう？　ボールの重《おも》さなんて、だれが投《な》げても変《か》わらないんじゃないのかな)

そんなことを考《かんが》えながら観《み》ていたら、ふいに、とんとんと肩《かた》をたたかれた。

ふりむくと、おじさんがグラウンドを指《ゆび》さす。

「見《み》て、なっちゃん。次《つぎ》の回《かい》で、祥吾《しょうご》、だしてもらえそうだよ」

「え！」

わたしはおじさんが指《ゆび》さすほうを見《み》てみた。

さっきまでほかの補欠《ほけつ》の子《こ》たちと声《こえ》だしをしていた祥吾《しょうご》が、いつの間《ま》にかグラウンドのはしっこで素振《すぶ》りをしている。

「さあ、しっかりビデオに撮《と》っとかなくちゃ」

おじさんが、いそいそとホームビデオの準備《じゅんび》を始《はじ》める。

(ホントに祥吾《しょうご》、でられるの？)

どきどきしている間《あいだ》に苑中側《そのちゅうがわ》の攻撃《こうげき》が終《お》わり、いよいよ最終回《さいしゅうかい》・七回裏《かいうら》だ。

ひとりめのバッターがなんとか一塁《るい》にでたあと、監督《かんとく》がベンチから立《た》ちあがって手《て》をあげた。

「代打《だいだ》！　吉村祥吾《よしむらしょうご》」

わあっと観客《かんきゃく》の間《あいだ》から声《こえ》があがった。

「やったあ！　祥吾《しょうご》がでるよ！」

おじさんとおばさんと、ハイタッチしあう。

祥吾《しょうご》は、わたしたちがここにいることに気《き》づいていないのか、それともわざと見《み》ないようにしているのか、ちらりともこちらに目線《めせん》をよこさず、バッターボックスに立《た》った。

いつもと変《か》わらない表情《ひょうじょう》で、バットをかまえる。

(祥吾《しょうご》、がんばって！)

わたしは両手《りょうて》をぎゅっと合《あ》わせて、心《こころ》のなかで祈《いの》った。

一球目《いっきゅうめ》は、ど真《ま》ん中《なか》のストライク。

祥吾《しょうご》は微動《びどう》だにせず、球《たま》を見送《みおく》った。

「おい、今《いま》のいけたぞ！」

野球部《やきゅうぶ》の卒業生《そつぎょうせい》だろうか、わたしの後《うし》ろでヤジが飛《と》ぶ。

（ムカーッ！　そんなこと、言《い》わないでよっ！）

あんたは知《し》らないだろうけど、祥吾《しょうご》はけがから復帰《ふっき》したばっかりなんだからねっ！

わたしとおばさんはまったく同《おな》じタイミングでふりむいて、声《こえ》の主《ぬし》をにらみつけた。

「……うーん、祥吾《しょうご》のやつ、ちょっと体《からだ》が引《ひ》けてるなあ」

わたしのとなりでビデオをかまえていたおじさんが、ぼそっとつぶやく。

「えっ、そうなの？　それ、どういう意味《いみ》？」

おばさんとわたしの声《こえ》がぴたりと重《かさ》なる。

「きっと、けがをした右足《みぎあし》をかばってるんだろうな。本人《ほんにん》は無意識《むいしき》なんだろうけど」

その言葉《ことば》に、もう一度《いちど》祥吾《しょうご》を見《み》る。

ズバン！

また、ストライクのカウントを取《と》られた。

たしかにおじさんが言《い》うように、体《からだ》がかたむいているように見《み》える。

思《おも》わずその場《ば》で立《た》ちあがり、口《くち》の横《よこ》に両手《りょうて》をあてて叫《さけ》んだ。

「祥吾《しょうご》！　ぜったい打《う》てるよ！」

観客席《かんきゃくせき》が静《しず》まりかえっていたせいか、わたしの声《こえ》がやけに大《おお》きくひびいてしまった。まわりのひとたちが、一斉《いっせい》にわたしのほうをふりかえる。

（ぎゃーっ、つい叫《さけ》んじゃったよ。これ、前回《ぜんかい》とまったく同《おな》じ展開《てんかい》じゃん！）

わたしは、あわててその場《ば》に座《すわ》りこんだ。

そのときだった。

カーン！

胸《むね》のすくような音《おと》が、グラウンドにひびきわたる。

あっと声《こえ》をあげたのと、祥吾《しょうご》が走《はし》りだすのは同時《どうじ》だった。

大《おお》きく弧《こ》を描《えが》いたボールは、三塁側《るいがわ》のファウルラインぎりぎりで跳《は》ねあがった。ファウルだと思《おも》ったのか、守備陣《しゅびじん》は突《つ》ったったたまま、茫然《ぼうぜん》と見《み》ている。

わああ
観客席《かんきゃくせき》から声《こえ》があがる。

「まわれ、まわれ！」

わたしのとなりで、おじさんが立《た》ちあがって腕《うで》をまわす。

ビデオの録画《ろくが》をしていたことを、すっかり忘《わす》れているみたいだ。
わたしとおばさんも立《た》ちあがって、同《おな》じように腕《うで》をまわした。
「祥吾《しょうご》ー！　いけいけー！」
一塁《るい》にいた走者《そうしゃ》がホームインして、ますます台中側《だいちゅうがわ》のベンチが盛《も》りあがる。
祥吾《しょうご》はすでに三塁《るい》にたどりつき、ひざに手《て》をついて息《いき》を整《ととの》えていた。
頭《あたま》にかぶっているヘルメットを少《すこ》しなおして、顔《かお》をあげる。
（……祥吾《しょうご》、よかったね！）
心《こころ》のなかで言《い》ったのに、なぜだか祥吾《しょうご》がこっちを見《み》た。
どきんと心臓《しんぞう》が跳《は》ねあがる。
目《め》が合《あ》うと、ほんの少《すこ》しだけ祥吾《しょうご》が笑《わら》ったように見《み》えた。

9 思《おも》いがけない約《やく》束《そく》

結局《けっきょく》、そのあと、台中《だいちゅう》はあっさりスリーアウトを奪《うば》われ、五対《たい》二のまま、点数《てんすう》を重《かさ》ねることはできなかった。

(勝《か》てるかもって思《おも》ったんだけどなあ)

家《いえ》に帰《かえ》ったあと、自分《じぶん》の部屋《へや》でベッドにごろりと横《よこ》になる。

負《ま》けたのは残念《ざんねん》だけど、祥吾《しょうご》がけがを乗《の》りこえて、ヒットを打《う》つことができたんだもん。

きっと、よかったんだよね。

起《お》きあがって、机《つくえ》の上《うえ》に置《お》きっぱなしになっている『お守《まも》りマスコット』を手《て》に取《と》る。

(これの出番《でばん》はなかったけど。……ま、いっか)

祥吾《しょうご》とおそろいの犬《いぬ》のマスコットの横《よこ》にならべていると、玄関《げんかん》からチャイムの音《おと》が聞《き》こえた。部屋《へや》の時計《とけい》を見《み》ると、七時《じ》すぎだ。

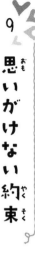

どうせおかあさんがでるだろうと無視《むし》していたら、もう一度《いちど》なった。その音《おと》に急《せ》かされるように、あわてて階段《かいだん》を降《お》りていく。

（え〜、おかあさんたち、いないのかな）

リビングをのぞくと、さっきまでテレビを観《み》ていたはずのおとうさんとおかあさんの姿《すがた》がない。靴《くつ》もないから、きっとふたりでスーパーに買《か》い物《もの》にでも行《い》ったんだろう。

そういえばさっき、今日《きょう》の晩《ばん》ごはんはなにが食《た》べたいか聞《き》かれたっけ。

（もー、こんな時間《じかん》にだれだろ。宅配便《たくはいびん》かなにかかな）

靴箱《くつばこ》の上《うえ》に置《お》いてある印鑑《いんかん》を手《て》に、ドアをあけた。

「はあい」

そこには、祥吾《しょうご》が立《た》っていた。手《て》に、ふきんをのせた器《うつわ》を持《も》っている。

「おう」

「……な、ななな、なに？」

まさか祥吾《しょうご》だとは思《おも》わなかった。

びっくりして、印鑑《いんかん》を手《て》に持《も》ったまま、後《うし》ろにのけぞる。

「これ、かあさんから」

そう言《い》って、手《て》に持《も》っていた器《うつわ》を突《つ》きだした。

おそるおそる上《うえ》にかけてあるふきんを取《と》ると、まだ熱《ねつ》を持《も》っていそうな大量《たいりょう》のフライドチキンが盛《も》ってある。

「揚《あ》げすぎたから、もらってくれって」

「えーっ、そうなの？　ありがとう！」

(さっすが、おばさん。試合観戦《しあいかんせん》に行《い》ったのに、ちゃんとごはんの用意《ようい》もしてるんだから。今日《きょう》一日休《にちやす》みだったのに、こんな時間《じかん》からスーパーに買《か》い物《もの》に行《い》くうちのおかあさんとはえらいちがいだよ)

心《こころ》のなかでぶつぶつ言《い》いながら、印鑑《いんかん》をポケットに入《い》れ、まだ温《あたた》かい器《うつわ》を受《う》けとる。

「あ、この器《うつわ》、今《いま》かえしたほうがいい？」

「いいよ、いつでも」

「ありがと」

ここ数日《すうじつ》、祥吾《しょうご》のことをあれこれ考《かんが》えていたから、いざ顔《かお》を合《あ》わせると、なんだか照《て》れください。そう思《おも》っていることを悟《さと》られないよう、わざと明《あか》るい声《こえ》で言《い》ってみた。

「今日《きょう》、ヒット打《う》ててよかったね」

「……でも、負《ま》けたけどな」

祥吾《しょうご》が、ぼそっと答《こた》える。

「まあ、そうだけどさ」

それきり、ふたりともだまりこむ。

(う〜〜っ、なんかふたりきりになると、調子《ちょうし》くるっちゃうよ！)

たのまれもののフライドチキンをわたしてくれたのに、なぜだか祥吾《しょうご》はなかなか帰《かえ》ろうとしない。玄関先《げんかんさき》に突《つ》ったったまま、うつむいている。

(なんだろ？　ほかに用事《ようじ》があるのかな)

不思議《ふしぎ》に思《おも》ってのぞきこむと、気《き》のせいか顔《かお》が赤《あか》い気《き》がする。

「……もしかして、祥吾《しょうご》、風邪《かぜ》ひいたの？」

「は？　なんで？」

祥吾《しょうご》がおどろいた表情《ひょうじょう》で顔《かお》をあげた。

「なんか、顔《かお》、赤《あか》いし」

指《ゆび》さしてそう言《い》うと、

「赤《あか》くなんてなってねえし！」

祥吾《しょうご》はおこった口調《くちょう》で言《い》って、またまりこんだ。

今度《こんど》は耳《みみ》の先《さき》まで赤《あか》くなっている。

「なにおこってんの？」

学校《がっこう》でもこのところ風邪《かぜ》が流行《はや》ってるから心配《しんぱい》して聞《き》いただけなのに、なんでおこるんだろ。

最近《さいきん》の祥吾《しょうご》は、なにを考《かんが》えてるのかホントわかんないよ！

「……これ」

いきなり、祥吾《しょうご》がわたしの顔《かお》の前《まえ》に、なにかを突《つ》きだした。

「なに？」

わたしは、手《て》に持《も》ったフライドチキンが入《はい》った器《うつわ》をひとまず靴箱《くつばこ》の上《うえ》に置《お》いてから、受《う》けとった。なんの変哲《へんてつ》もない茶封筒《ちゃぶうとう》だ。

「なにが入《はい》ってんの？」

なかを見《み》たら、なにかチケットのようなものが入《はい》っている。

なんのチケットだろうと封筒《ふうとう》からだそうとしたら、とつぜん祥吾《しょうご》が声《こえ》をはりあげた。

「……あ、兄貴《あにき》が！」

「ケン兄《にい》？　ケン兄《にい》がどうかした？」

わたしが聞《き》きかえすと、祥吾《しょうご》が早口《はやくち》で続《つづ》けた。

「兄貴《あにき》が、明日《あした》彼女《かのじょ》と行《い》くつもりで予約《よやく》してた映画《えいが》、急《きゅう》に部活《ぶかつ》で行《い》けなくなったらしくて、でも、キャンセル不可《ふか》らしくて、それでそのう……」

(映画《えいが》？)

手《て》もとに目《め》を落《お》とすと、今《いま》ちょうどやっているクリスマスがテーマの恋愛映画《れんあいえいが》のタイトルが印字《いんじ》されていた。明日《あした》の十一時《じ》十五分《ふん》から上映開始《じょうえいかいし》と書《か》いてある。

「兄貴《あにき》が、おまえと行《い》けって」

「……わたしと？」

もう一度《いちど》、チケットを見《み》る。

（えーっ、ふたりだけで？）

かーっと顔《かお》が熱《あつ》くなる。

「い、言《い》っとくけど、そういうんじゃないし。明日《あした》、たまたま部活《ぶかつ》がオフで、チケットがもったいないから、しかたなくおまえに聞《き》いてみただけだし！」

祥吾《しょうご》が赤《あか》い顔《かお》でまくしたてるように言《い》い訳《わけ》する。

「わ、わかってるよ！　そんなこと」

いくらそれが本当《ほんとう》のことでも、そういう言《い》い方《かた》ってないんじゃない？

そう思《おも》うけど、自然《しぜん》とほおがゆるんでしまう。

わたしじゃなくて、例《たと》えば同《おな》じ部活《ぶかつ》の子《こ》と行《い》くという選択肢《せんたくし》もあったはずだけど、わたしを誘《さそ》ってくれたんだよね？

でもまあ、さすがに男子同士《だんしどうし》でこの映画《えいが》を観《み》にいくのははずかしいだろうけど、それでもいざとなれば、断《ことわ》ることだってできたはず。

明日《あした》は、クリスマスイブ。

まいまいも莉緒《りお》もなるたんもデートで、わたしひとりだけ、クリぼっちだって思《おも》ってた

けど、理由《りゆう》はどうあれ、わたしにも予定《よてい》ができた。

みんなみたいに『デート』ってわけじゃないけど、それでも男子《だんし》と映画《えいが》を観《み》にいける。

相手《あいて》は、おさななじみの祥吾《しょうご》だけど。

「と、とにかく、明日《あした》、十時半《じはん》に家《いえ》の前《まえ》なっ！　おまえ、ぜったい遅刻《ちこく》すんなよ」

「わ、わかってるよ！」

「じゃあなっ」

祥吾《しょうご》はドアをあけると、逃《に》げるように行《い》ってしまった。

「……なによ、あれ」

閉《し》まったドアにむかってつぶやく。

もう一度《いちど》チケットを見《み》て、ふふっと笑《わら》った。

祥吾《しょうご》ったら、柄《がら》にもなく照《て》れちゃって。

きっとなかなか言《い》いだせなかったんだろうな。

すると、いきなりドアがあいた。

「ただいまあ〜。あー、重《おも》たい」

両手《りょうて》いっぱいにレジ袋《ぶくろ》を持《も》ったおとうさんとおかあさんが帰《かえ》ってきた。

「あら、夏月《なつき》ったら、なによ。こんなところに突《つ》ったって、ひとりで笑《わら》っちゃって」

おかあさんが不思議《ふしぎ》そうにわたしの顔《かお》をのぞきこむ。

「べ、べつに、笑《わら》ってなんか、ないよ！」

あわてて、チケットの入《はい》った封筒《ふうとう》をポケットに押《お》しこんだ。

「あ、そうだ。さっき、祥吾《しょうご》が、このフライドチキン持《も》ってきてくれた。おばさんが作《つく》りすぎたからって」

なんでもないような顔《かお》で、靴箱《くつばこ》の上《うえ》にのせた器《うつわ》を持《も》ちあげる。

「あら、そういえばいいにおいしてるわね。助《たす》かるわあ。吉村《よしむら》さんに、あとでお礼《れい》言《い》っとかなきゃ」

おとうさんとおかあさんは、すっかりフライドチキンに気持《きも》ちを奪《うば》われているようで、そのままどやどやとレジ袋《ぶくろ》をかかえてリビングへ入《はい》っていった。

（……ホッ）

ポケットに押《お》しこんだチケットが、しわくちゃになっていないか、取《と》りだしてみる。

明日《あした》、なにを着《き》ていこうかな。

髪型《かみがた》、どうしよう？

もうわたせないかもって思《おも》ってたけど、映画《えいが》のお礼《れい》だって言《い》えば、手作《てづく》りの『お守《まも》りマスコット』、わたしてもおかしくないよね？

そこで、はっとした。

そうだ。せっかくだから、手作《てづく》りのお菓子《かし》もわたしちゃおうかな。祥吾《しょうご》、甘《あま》いもの大好《だいす》きだもんね。

材料《ざいりょう》、あったかな。

作《つく》ろうと思《おも》ってたあのカップケーキ、うまくできるだろうか。

「おかあさーん、ごはん食《た》べたあと、台所《だいどころ》でお菓子《かし》作《つく》ってもいい？」

わたしは、ばたばたとリビングへとかけこんだ。

10 クリスマスイブ

次《つぎ》の日《ひ》の十時半《じはん》きっかり、玄関《げんかん》のドアをあけると、祥吾《しょうご》が家《いえ》の前《まえ》に立《た》っていた。

黒《くろ》のダウンジャケットに、ジーンズ。しかも、『ザ・野球部《やきゅうぶ》』って感《かん》じのスポーツ刈《が》り。

べつにおしゃれでもなんでもない。

いつもの見慣《みな》れた顔《かお》。

なのに、なぜだかどきんと胸《むね》が音《おと》を立《た》てる。

「お、お待《ま》たせ」

ぎくしゃくとあいさつをすると、

「お、おう」

祥吾《しょうご》もうつむいたまま、ぎこちなく返事《へんじ》をする。

「じゃ、行《い》くぞ」

「う、うん」

歩《ある》きだした祥吾《しょうご》のあとを、あわてて追《お》いかける。

駅《えき》までの道《みち》のりを、ふたり少《すこ》し距離《きょり》を置《お》いて歩《ある》く。

(な、なにしゃべったらいいんだろ)

『昨日《きのう》のフライドチキン、おいしかったよ!』

(……だめだ。そのあと、会話《かいわ》が続《つづ》かない)

『足《あし》の具合《ぐあい》、どう?』

(けがの話《はなし》はやめとこう。またなにか地雷《じらい》を踏《ふ》んじゃいそうだし)

学校帰《がっこうがえ》り、偶然会《ぐうぜんあ》ったときなんかは、なにも考《かんが》えなくても、すらすら話題《わだい》が思《おも》いうかぶのに、今日《きょう》はなにも浮《う》かばない。

当然《とうぜん》、祥吾《しょうご》は自分《じぶん》からなんてぜったいしゃべったりしない。

わたしたちはだまりこくったまま、ただひたすら駅《えき》にむかって歩《ある》いていった。

(今日《きょう》、おかあさん、仕事《しごと》でよかったな)

もし、おかあさんが家《いえ》にいて、休《やす》みの日《ひ》にわたしがでかけると言《い》えば、ぜったいどこにだれと行《い》くのか聞《き》かれる。

ケン兄《にい》もいっしょならともかく、祥吾《しょうご》とふたりだけで映画《えいが》、なんて言《い》ったら、誤解《ごかい》されるに決《き》まってる。

(祥吾《しょうご》は、おばさんになんて言《い》ってきたのかな……)

そう思《おも》いかけて、いやいや、と首《くび》を横《よこ》にふる。

祥吾《しょうご》はぜったいおばさんになんにも言《い》わずに来《き》てるだろう。普段《ふだん》から、家《いえ》ではぜんぜんしゃべってくれないっていつもおばさんが嘆《なげ》いているし。

(……ま、もしかしたら、ケン兄《にい》がおばさんにちゃんと報告《ほうこく》しているかもしれないけど)

坂道《さかみち》を左《ひだり》に曲《ま》がり、駅《えき》にむかっておりていく。

この坂道《さかみち》は、学校《がっこう》へと続《つづ》く通学路《つうがくろ》だ。台中《だいちゅう》へ通《かよ》う子《こ》は、ほぼ全員《ぜんいん》ここを通《とお》っていく。

部活《ぶかつ》へ行《い》く子《こ》に見《み》られないかなと心配《しんぱい》していたけれど、中途半端《ちゅうとはんぱ》な時間《じかん》だからか、だれも歩《ある》いていなかった。

ほっとしたような、ちょっぴりがっかりしたような不思議《ふしぎ》な気持《きも》ちだ。

十二月下旬《がつげじゅん》にしては、今日《きょう》はそんなに寒《さむ》くない。

太陽《たいよう》の光《ひかり》が反射《はんしゃ》して、坂《さか》の途中《とちゅう》にあるマンションのガラス戸《ど》に、ならんで歩《ある》くわたしたちの姿《すがた》が映《うつ》った。

(ほかの人《ひと》からは、わたしたちって、どう見《み》えるかな)

中学生《ちゅうがくせい》の男子《だんし》と女子《じょし》、……なんだけど、つきあってるふたりに見《み》えたりする??

そう考《かんが》えてから、(それはないか)と思《おも》いなおす。

いくらなんでも、こんなに距離《きょり》を取《と》って歩《ある》いてちゃ、カレカノなんかに見《み》えるはずない。

(この服《ふく》、おかしくなかったかなあ)

さんざん悩《なや》んだあげく、買《か》ってもらってからずっと着《き》る機会《きかい》のなかったチェックのプリーツスカートをはいてみた。

それから、一度《ど》しか袖《そで》を通《とお》していないベージュのダッフルコート。

普段《ふだん》、パンツが多《おお》いわたしにしては、これでもかなり女《おんな》の子《こ》っぽいファッションだ。

だけど、いい感《かん》じのバッグがなくて、しかたなく選《えら》んだのは雑誌《ざっし》の付録《ふろく》についてたこのバッグ。こういうところが、わたしのツメの甘《あま》いところだ。

(……とほほ)

しょんぼりしながらうつむいていたら、いきなりダッフルコートのフードを引《ひ》っぱられた。ぐいっと後《うし》ろに頭《あたま》がたおれ、のけぞる。

「なっ、なにすんのっ！」

びっくりしてふりかえると、

「信号《しんごう》、赤《あか》だぞ」

祥吾《しょうご》があきれたように指《ゆび》をさす。

前《まえ》を見《み》ると、横断歩道《おうだんほどう》の信号《しんごう》は、たしかに赤《あか》だった。

「……ご、ごめん、ぼおっとしてて」

ばかだ、わたし。考《かんが》え事《ごと》ばっかりしてるからだよ！

「なにやってんだよ、ば〜か」

そう言《い》って、祥吾《しょうご》がわたしの頭《あたま》をこづいた。

「いたいなあ、もう」

こづかれた頭《あたま》を押《お》さえて見上《みあ》げると、思《おも》いがけず、祥吾《しょうご》がふっと笑《わら》った。

その顔《かお》を見《み》て、それまでがちがちにかたまっていた肩《かた》の力《ちから》がふっとぬけた気《き》がした。

なに緊張《きんちょう》してたんだろ、わたし。
そうだよね。いつもみたいに、気楽《きらく》に話《はなし》をすればいいんだ。
だって、相手《あいて》はおさななじみの祥吾《しょうご》なんだから。
「ほら、青《あお》になったぞ」
祥吾《しょうご》が歩《ある》きだす。
「いちいち言《い》われなくても、わかってますう！」
わたしはあわてて追《お》いかけて、祥吾《しょうご》の横《よこ》にならんで歩《ある》いた。
まわりにどう見《み》られるかなんて、気《き》にするのはやめよう。
せっかくのクリスマスイブ。楽《たの》しくすごさなきゃ。
駅《えき》についたら、ちょうどいいタイミングで電車《でんしゃ》がホームに入《はい》ってきた。
目的地《もくてきち》のシネコンまでは、電車《でんしゃ》で十分《ぷん》ほど。
駅《えき》に直結《ちょっけつ》しているショッピングモールのなかにある。
改札《かいさつ》をでて、ショッピングモールに続《つづ》くスロープを歩《ある》いていく途中《とちゅう》、何気《なにげ》なく前《まえ》を見《み》てはっとした。

（……あれ、もしかして石崎《いしざき》くん？）

祥吾《しょうご》も背《せ》が高《たか》いほうだけど、石崎《いしざき》くんは、多分学年《たぶんがくねん》で一番背《いちばんせ》が高《たか》い。伸《の》びあがって見《み》てみたら、その横《よこ》には莉緒《りお》がいた。

ふたり、顔《かお》を見《み》あわせてほほえみあっている。

それだけじゃない。

よく見《み》ると、なんとふたりは手《て》をつないで歩《ある》いていた。

「あ！」

思《おも》わず声《こえ》をだしてしまったら、ふたりがぱっとこちらをふりかえった。

「な、夏月《なつき》ちゃん……！」

わたしと祥吾《しょうご》の姿《すがた》を確認《かくにん》すると、莉緒《りお》はあわてて石崎《いしざき》くんの手《て》をはなした。とたんに莉緒《りお》の真《ま》っ白《しろ》なほおが、赤《あか》く染《そ》まる。

となりの石崎《いしざき》くんは、わたしと祥吾《しょうご》の顔《かお》を見《み》て、にこっと笑《わら》ってくれた。

莉緒《りお》の彼氏《かれし》だとはいっても、石崎《いしざき》くんとは同《おな》じクラスでも普段《ふだん》ほとんど話《はなし》をしない。

どう声《こえ》をかけていいかわからず、わたしもひょこっと頭《あたま》をさげる。

(あ、そっか。よく考《かんが》えたら、莉緒《りお》もクリスマスイブの日《ひ》、石崎《いしざき》くんと映画《えいが》に行《い》くって言《い》ってたもんな……)

わたしたちの住《す》む地域《ちいき》では、ここしか大《おお》きな映画館《えいがかん》はない。

同《おな》じ日《ひ》に映画《えいが》に行《い》くんだから、鉢合《はちあ》わせしちゃうかもしれないってわかってたはずなのに、すっかりそのことを忘《わす》れていた。

莉緒《りお》が、ちらちらとわたしと祥吾《しょうご》を見《み》くらべている。

今日《きょう》、わたしだけがクリぼっちだって言《い》ってたのに、なんで祥吾《しょうご》とこんなとこにいるんだろうと思《おも》われてるだろうな。

明日《あした》は、莉緒《りお》の家《いえ》でまいまい、なるたんたちとクリスマスパーティーをする予定《よてい》だ。そのときに話《はなし》をしようって思《おも》っていたのに、その前《まえ》に会《あ》っちゃうなんて、なんか気《き》まずい。

「足立《あだち》さんたちも、映画観《えいがみ》るの?」

石崎《いしざき》くんに聞《き》かれて、わたしは祥吾《しょうご》と顔《かお》を見《み》あわせてから、言《い》い訳《わけ》するように答《こた》えた。

「あ、ちがうの。祥吾《しょうご》のお兄《にい》さんが、この映画《えいが》、彼女《かのじょ》と行《い》くつもりで予約《よやく》してたのに、急《きゅう》

に部活《ぶかつ》で行《い》けなくなっちゃって、それで、もったいないから、わたしたちがしかたなく」

しどろもどろでそう言《い》ってから、はっとした。

(あ、『しかたなく』なんていやな言《い》い方《かた》しちゃった)

祥吾《しょうご》の顔《かお》をちらっと見《み》る。

いつもと変《か》わらない仏頂面《ぶっちょうづら》で、今《いま》、わたしが言《い》ったことをどう思《おも》っているのか、そもそも聞《き》いていたのかもよくわからない。

「えっと、莉緒《りお》たちはなに観《み》るの？　わたしたちと同《おな》じ回《かい》のやつかな？」

そう言《い》ってバッグからだしたチケットを見《み》せると、莉緒《りお》は大《おお》きな瞳《ひとみ》を真《ま》ん丸《まる》にした。

「いっしょの映画《えいが》だよ！　時間《じかん》も同《おな》じ。席《せき》ははなれてるけど、すごい偶然《ぐうぜん》だね」

「あ、そうなんだ」

そう答《こた》えてから、まじまじと莉緒《りお》と石崎《いしざき》くんを見《み》る。

今日《きょう》の莉緒《りお》は、ドットのワンピース。その上《うえ》に、ファーのついた真《ま》っ白《しろ》なコートをはおり、手《て》には大《おお》きなリボンのついたベビーピンクのミニトートと、小《ちい》さな紙袋《かみぶくろ》を持《も》っている。

あのなかにはきっと、この間《あいだ》みんなで作《つく》った『お守《まも》りマスコット』といっしょに石崎《いしざき》くんにわたすプレゼントが入《はい》っているんだろう。

細《ほそ》い手首《てくび》には、きゃしゃなブレスレットが光《ひか》っている。

普段《ふだん》からかわいいけれど、今日《きょう》は一段《いちだん》とかわいい。

(今日《きょう》のために、うんとおしゃれしてきたんだろうな)

となりにいる石崎《いしざき》くんも、黒《くろ》のコートとボーダーのストールがすごくおしゃれだ。中学生《ちゅうがくせい》とは思《おも》えないくらい大人《おとな》っぽい。

(ホント、お似合《にあ》いのふたりだなあ)

なんだか、そばにいる自分《じぶん》が、ものすごくみすぼらしく思《おも》えてしまう。

「じゃあ、そろそろ行《い》くね」

そそくさとその場《ば》からはなれようとしたら、莉緒《りお》がわたしの耳《みみ》もとでささやいた。

「がんばって」

ふりかえると、にっこり笑《わら》って手《て》をふっている。その手首《てくび》で、ブレスレットがきらりと光《ひか》った。

莉緒《りお》たちと別《わか》れてしばらく歩《ある》いたあと、祥吾《しょうご》がとなりでぼそりと言《い》った。

「あれ、おまえと『家庭科研究会《かていかけんきゅうかい》』してる子《こ》だよな」

「そうだよ、辻本莉緒《つじもとりお》ちゃん。小学校《しょうがっこう》もいっしょだったし、前《まえ》に夏祭《なつまつ》りもいっしょに行《い》ったし、すっごくかわいい子《こ》だから知《し》ってるでしょ？」

わたしが聞《き》くと、祥吾《しょうご》はあいまいにうなずいた。

（……やっぱ、祥吾《しょうご》も莉緒《りお》のこと、かわいいって思《おも》ってるんだろうなあ）

莉緒《りお》は、見《み》た目《め》だけじゃなく中身《なかみ》もとってもかわいい女《おんな》の子《こ》だ。

いっしょに部活《ぶかつ》をするようになり、長《なが》い時間《じかん》そばにいると、本当《ほんとう》に心《こころ》のきれいな子《こ》なんだなっていつも感《かん》じる。それにとっても素直《すなお》だし。

石崎《いしざき》くんはきっと、本当《ほんとう》の莉緒《りお》の姿《すがた》も知《し》っているから、莉緒《りお》のことを好《す》きになったんだろうなあ。

（……それにくらべて）

肩《かた》からさげている雑誌《ざっし》の付録《ふろく》のバッグを見《み》た。

わたしなんて見《み》た目《め》はもちろん、性格《せいかく》もぜんぜんかわいくない。

見《み》た目《め》はしかたないとして、せめて性格《せいかく》くらいはもっと素直《すなお》でかわいくなれたらいいのになあ……。

「おい」

声《こえ》をかけられて、はっと顔《かお》をあげた。

「映画観《えいがみ》る前《まえ》に、なんか、買《か》ってく？」

祥吾《しょうご》が親指《おやゆび》でチケット売《う》り場横《ばよこ》にあるジューススタンドをさした。

「……あ、そうだね」

わたしはオレンジジュース、祥吾《しょうご》はホットドッグとジンジャーエールをそれぞれ買《か》い、席《せき》にむかった。

その間《あいだ》も、特《とく》に話《はなし》をすることもなく、気《き》まずい雰囲気《ふんいき》のままだった。

（あ〜あ、祥吾《しょうご》、つまんないと思《おも》ってるだろうなあ）

映画《えいが》が終《お》わったら、きっとすぐに帰《かえ》ろうって言《い》われちゃうんだろう。

せっかくのクリスマスイブなのに、やっぱり『お守《まも》りマスコット』どころか手作《てづく》りのお菓子《かし》もわたせそうにない。

（ま、しょうがないよね、わたしたち、つきあってるわけじゃないんだから）

頭《あたま》のなかでもやもやそんなことを考《かんが》えていたら、映画《えいが》が始《はじ》まった。

大《おお》きな賞《しょう》をとった小説《しょうせつ》が原作《げんさく》で、今一番人気《いまいちばんにんき》があるアイドルグループの男《おとこ》の子《こ》と、最近《さいきん》よくテレビで見《み》るモデルの女《おんな》の子《こ》が主演《しゅえん》の映画《えいが》だ。

途中《とちゅう》、女《おんな》の子《こ》が、片思《かたおも》いの彼《かれ》に告白《こくはく》するため、かわいくなろうと努力《どりょく》する場面《ばめん》があった。

(わたしは、きっとあんな風《ふう》にはなれないだろうなあ……)

せっかく楽《たの》しみにしていた映画《えいが》だったのに、ちっとも頭《あたま》に入《はい》ってこなかった。

11 すてきなサプライズ

映画《えいが》を観《み》たあと、外《そと》へでたところで、莉緒《りお》と石崎《いしざき》くんが待《ま》っていてくれた。

「すっごくおもしろかったね～！」

莉緒《りお》に言《い》われて、ぎこちなくうなずく。

「……うん」

「ラスト、感動《かんどう》して、泣《な》きそうになっちゃった。ねっ」

そう言《い》って、石崎《いしざき》くんとほほえみあう。

（いいなあ、莉緒《りお》は。わたしももっと素直《すなお》に自分《じぶん》の気持《きも》ちを言《い》えたらいいのに）

普段《ふだん》はそんなこと感《かん》じないのに、今日《きょう》は莉緒《りお》の横《よこ》にいると自己嫌悪《じこけんお》におちいって、ずぶずぶ気持《きも》ちが沈《しず》んでしまう。

「もしよかったら、このあと、四人《よにん》でいっしょにお茶《ちゃ》でもしない？」

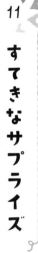

莉緒《りお》が、遠慮《えんりょ》がちに提案《ていあん》してくれた。

わたしと祥吾《しょうご》がぎくしゃくしているのに気《き》がついて、気《き》をきかせてくれているんだろう。

「……あ、そうだね」

前《まえ》にまいまいと莉緒《りお》が、遊園地《ゆうえんち》でダブルデートをしたって話《はなし》を聞《き》いたことがある。

あこがれのダブルデート。

わたしだってしてみたい！

ずっとそう思《おも》っていたけど、なんだか気《き》が乗《の》らない。

けど、このまま帰《かえ》るのもなんかさみしいし、やっぱり行《い》ったほうがいいかな。

そう思《おも》っていたら、

「悪《わる》いけど、俺《おれ》たち、いいや」

祥吾《しょうご》が即座《そくざ》に断《ことわ》った。

「……え！」

そりゃあ、莉緒《りお》と石崎《いしざき》くんにとったらせっかくのクリスマスデート。わたしたちは邪魔《じゃま》者《もの》だ。

でも、せっかく誘《さそ》ってくれたんだから、そんなにすぐに断《ことわ》らなくてもいいじゃん……！

「行《い》こうぜ」

祥吾《しょうご》が、急《せ》かすように先《さき》を歩《ある》く。

「……あー、うん」

そっか。祥吾《しょうご》は早《はや》く帰《かえ》りたいんだ。

そりゃあそうだよね。

今日《きょう》は、部活《ぶかつ》がオフの日《ひ》だ。

野球部《やきゅうぶ》や同《おな》じクラスの子《こ》たちが、このショッピングモールに来《き》ている確率《かくりつ》はかなり高《たか》い。

わたしといっしょにいるところを、だれかに見《み》られてからかわれたらいやだもんね。

わたしたちはただのおさななじみ。

そんなこと、わかってる。

わかってるけど……。

「ごめんね、莉緒《りお》。また明日《あした》ね。石崎《いしざき》くんも、ありがとう」

精一杯《せいいっぱい》笑顔《えがお》を作《つく》って手《て》をふる。

「うん、また明日《あした》」

莉緒《りお》が心配《しんぱい》そうな顔《かお》で小《ちい》さく手《て》をふってくれた。

そのとなりで、石崎《いしざき》くんも会釈《えしゃく》してくれる。

ふたりはきっとこのあと、おしゃれなカフェにでも行《い》って、おしゃべりをしたあと、プレゼント交換《こうかん》をするんだろうな。

そういえば、このあたりではここにしか入《はい》ってない有名《ゆうめい》なドーナツショップがあるって聞《き》いたことがある。

わたしも行《い》ってみたかったな。

まいまいも、小坂《こさか》くんちでパーティーするって言《い》ってたし、なるたんは諒太《りょうた》くんにおまかせでクリスマスデートするって言《い》ってた。

カレカノって、そういうこと。

ただのおさななじみとは、天《てん》と地《ち》ほどちがうんだ。

シネコンをでてすぐのところにあるエスカレーターを降《お》りていく。

一階《いっかい》の広場《ひろば》には、きらきら光《ひか》るオーナメントがいっぱいぶらさがった大《おお》きなクリスマスツリーが飾《かざ》られていた。そのまわりを、家族《かぞく》づれや恋人《こいびと》たちが楽《たの》しそうにおしゃべりしながら歩《ある》いている。

わたしはそれを横目《よこめ》で見《み》ながら通《とお》りすぎた。

祥吾《しょうご》は、ずっとなんにも言《い》わない。

(あ〜あ、つまんない)

わたしはそっと息《いき》をついた。


もうすぐ、駅《えき》につながる連絡口《れんらくぐち》というところで、とつぜん、祥吾《しょうご》が足《あし》を止《と》めた。

うつむいていたわたしは、思《おも》いっきり祥吾《しょうご》の背中《せなか》に顔面《がんめん》からぶつかってしまった。

「イタッ、……ちょっと、なに急《きゅう》に止《と》まってんのよ。危《あぶ》ないじゃない」

鼻《はな》の頭《あたま》を押《お》さえて文句《もんく》を言《い》うと、祥吾《しょうご》がわたしに背中《せなか》をむけたまま、手《て》を伸《の》ばした。

「ここ、入《はい》る?」

「……へっ?」

祥吾《しょうご》の指《ゆび》さす先《さき》を見《み》る。

そこは、アクセサリーや、傘《かさ》、靴下《くつした》、お弁当箱《べんとうばこ》や文房具《ぶんぼうぐ》なんかを置《お》いている女《おんな》の子《こ》むけの雑貨屋《ざっかや》さん。わたしもたまに、買《か》い物《もの》に来《く》る。

「なんで？　祥吾《しょうご》、この店《みせ》になんか用《よう》でもあるの？」

意味《いみ》がわからずそう聞《き》くと、祥吾《しょうご》が肩《かた》ごしにふりかえった。

「前《まえ》、俺《おれ》がけがしたときに、おまえ、かばん持《も》ってくれたし……。そのお礼《れい》に、なんか買《か》ってやるよ」

「え！」

わたしは何度《なんど》も祥吾《しょうご》と雑貨屋《ざっかや》さんを見《み》くらべた。

だって、ここは男子《だんし》でも入《はい》れる文房具屋《ぶんぼうぐや》さんとはちがって、店内《てんない》には女子《じょし》しかいないような雑貨屋《ざっかや》さんだよ？

ピンクのリボンやきらきらのスパンコールやビーズがあしらわれた小物《こもの》ばかりで、スポーツ刈《が》りの祥吾《しょうご》みたいな男子《だんし》が、一番苦手《いちばんにがて》そうなお店《みせ》なのに！

「い、いいよ。そんなの、たいしたことじゃないし。なにかお礼《れい》をしてもらいたくてやったわけじゃないから」

とまどいながらそう言《い》うと、祥吾《しょうご》はだまったままずんずんと店内《てんない》に入《はい》っていった。

「え！　……あ、ちょっと、祥吾《しょうご》？」

あわててその背中《せなか》を追《お》いかけると、祥吾《しょうご》はイヤリングやピアス、ネックレスなんかが置《お》いてあるアクセサリー売《う》り場《ば》の前《まえ》に立《た》ちはだかった。まわりの女《おんな》の子《こ》たちが、ちらちらと祥吾《しょうご》を見《み》ている。

しばらくの間《あいだ》、祥吾《しょうご》はきょろきょろあたりを見《み》てから、なにかをつかんでふりかえった。

「おまえ、こういうの、ほしいって思《おも》ってたんじゃねえの？」

手《て》のなかを見《み》ると、それは、さっき莉緒《りお》がつけていたようなきゃしゃな金色《きんいろ》のブレスレットだった。

「……へ？　なんで」

わけがわからずそう問《と》いかけると、祥吾《しょうご》がもごもごと続《つづ》けた。

「だって、おまえ、さっき辻本《つじもと》さんがこんなのつけてるの見《み》て、ほしそうにしてただろ？」

わたしはまじまじとそのブレスレットを見《み》て、はっとした。

もしかして、さっきわたしが莉緒《りお》と自分《じぶん》との差《さ》を感《かん》じて落《お》ちこんでたのを見《み》て、あのブレスレットをほしがってるって思《おも》いこんだわけ？

「ち、ちがうよ。わたし……！」

あわててそう言《い》おうとしたら、祥吾《しょうご》はますます困《こま》ったような顔《かお》で、そのブレスレットを元《もと》の場所《ばしょ》にもどした。

「じゃあ、こっちか？　それとも、これ？」

今度《こんど》は別《べつ》のブレスレットをふたつ、両方《りょうほう》の手《て》にのせてふりかえる。

「だ、だから、ちがうってば！」

わたしが言《い》うと、祥吾《しょうご》はそれらのブレスレットをもどして頭《あたま》をかいた。

「俺《おれ》、こういうの、どれがいいのか、わかんねえし。ほら、いいから、自分《じぶん》で選《えら》べよ」

（だから、ちがうって言《い》ってんのに！）

なに勝手《かって》にひとりでかんちがいして、勝手《かって》に照《て》れてるのよ！

そう思《おも》ったとたん、吹《ふ》きだしてしまった。

祥吾《しょうご》ってば、わたしのことなんて気《き》にしてないようで、ちゃんと気《き》にしてくれてたんだな。雑貨屋《ざっかや》さんへの誘《さそ》い方《かた》も、不器用《ぶきよう》な祥吾《しょうご》らしい。

「なに、笑《わら》ってんだよ」

祥吾《しょうご》が赤《あか》い顔《かお》で口《くち》をとがらせる。

「ううん、笑《わら》ってないよ」

「ウソつけ、笑《わら》ってるだろ」

耳《みみ》の先《さき》まで赤《あか》くなっている祥吾《しょうご》の顔《かお》を見《み》て、また笑《わら》ってしまう。

せっかくお礼《れい》をしたいって言《い》ってくれたんだ。

こういうときは、変《へん》な意地《いじ》をはらずに素直《すなお》に買《か》ってもらったほうがいいよね？

「わかった。じゃあ、一番高《いちばんたか》いやつにしようっと。え〜っと、どれかなあ〜？」

そう言《い》って、ちらりと祥吾《しょうご》を見《み》る。

祥吾《しょうご》はあわてて、ジーンズの後《うし》ろポケットにさしているさいふに手《て》をあて、

「い、いいよ。どれでも」

そう言《い》いながら、ちょっとだけ顔《かお》を引《ひ》きつらせていた。

「あはは、ウソウソ。冗談《じょうだん》だよ」

わたしは笑《わら》いながら、ならんでいるアクセサリーに目《め》を見《み》はった。

星《ほし》やお花《はな》、ハートやクローバー。

かわいいモチーフのブレスレットが、いっぱいだ！

「あ、べつに、その腕《うで》につけるやつじゃなくても、首《くび》にぶらさげるやつでも、耳《みみ》につけるやつでもいいからな」

祥吾《しょうご》が赤《あか》い顔《かお》でぼそぼそとつけたす。

（ぶらさげるとか、つけるとか言《い》っちゃって。ブレスレットとか、ネックレスとか、イヤリングって名前《なまえ》がちゃんとあるんですけど！）

そう思《おも》いながら、くすくす笑《わら》う。

「ありがとう。じゃあ、これにする！」

わたしが選《えら》んだのは、小《ちい》さな星《ほし》のモチーフがふたつならんだブレスレット。

これなら、どんな服《ふく》にも似合《にあ》いそうだ。いちおう値段《ねだん》もチェックしたけど、そんなに高《たか》くはないはずだ。

「わかった。これな！」

祥吾《しょうご》はほっとしたような表情《ひょうじょう》で受《う》けとると、すぐにレジにならびに行《い》った。長《なが》い列《れつ》には、女《おんな》の子《こ》ばかりがならんでいる。

そのなかにひとり飛《と》びぬけて背《せ》が高《たか》いスポーツ刈《が》りの祥吾《しょうご》が交《ま》じっているのが、なんだかおかしい。

その姿《すがた》を見《み》つめて、ふっと小《ちい》さく笑《わら》う。

(……ありがと。祥吾《しょうご》)

12 重《かさ》なる笑《わら》い声《ごえ》

「ん！」

会計《かいけい》をすませて雑貨屋《ざっかや》さんからでてきた祥吾《しょうご》が、わたしにむかって小《ちい》さな袋《ふくろ》を差《さ》しだした。グリーンのクリスマス柄《がら》に、赤《あか》いリボンシールがついている。

店員《てんいん》さんが気《き》をきかせてくれたのか、それとも祥吾《しょうご》が頼《たの》んだのか、クリスマス仕様《しよう》のラッピングになっていた。

「ありがと」

お礼《れい》を言《い》って受《う》けとると、祥吾《しょうご》はわたしの顔《かお》を見《み》ないようにして、「ああ」とだけ答《こた》えた。すぐに袋《ふくろ》からだして、手首《てくび》につけてみる。

男《おとこ》の子《こ》からもらった、初《はじ》めてのクリスマスプレゼント。

相手《あいて》は祥吾《しょうご》なのに、胸《むね》がどきどきしてしまう。

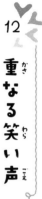

これって、初《はじ》めてのことだから？

それとも、祥吾《しょうご》のことが好《す》きだから？

自分《じぶん》の気持《きも》ちのはずなのに、自分《じぶん》で自分《じぶん》がわからない。

（……あっ、そうだ）

わたしも今《いま》、『お守《まも》りマスコット』とお菓子《かし》、わたしたほうがいいかな。今《いま》じゃなきゃ、わたすタイミング、逃《のが》してしまいそう。

「あ、あの、これ……！」

バッグに入《はい》っている紙袋《かみぶくろ》を取《と》りだそうと手《て》を入《い》れたら、祥吾《しょうご》がぼそっとつぶやいた。

「帰《かえ》る前《まえ》に、なんか、ジュースでも飲《の》んでく？」

「……え！　いいの？」

わたしの言葉《ことば》に、祥吾《しょうご》が怪訝《けげん》な顔《かお》でこっちを見《み》た。

「いいって、なんで？」

「あー……。祥吾《しょうご》、早《はや》く帰《かえ》りたいのかなって思《おも》ってたから」

わたしが小声《こごえ》で言《い》うと、祥吾《しょうご》は「んなわけねえだろ」と答《こた》えた。

ねえ、それってどういう意味《いみ》？

わたしともうちょっといっしょにいてもいいってことかな。

ほかの子《こ》たちに、わたしといっしょにいるところ、見《み》られてもいいと思《おも》ってるの？

いろいろ聞《き》きたいことだらけだけど、やっぱりどれも言《い》わずにいた。聞《き》かなくても、まあいいかって思《おも》ったから。


それから、わたしが行《い》きたいと思《おも》っていたドーナツショップに行《い》って、ふたりでドーナツを食《た》べた。

祥吾《しょうご》は、ケン兄《にい》がお小遣《こづか》いをくれたからって、わたしの分《ぶん》まで払《はら》ってくれた。

わたしは、シナモンショコラのドーナツとキャラメルラテ。

祥吾《しょうご》はメイプルナッツのドーナツとカスタードクリームの入《はい》ったドーナツ、それからホットココア。顔《かお》に似合《にあ》わず、甘《あま》いものが大好《だいす》きなのだ。

食《た》べている間《あいだ》、いつプレゼントをわたそうかずっとタイミングをうかがっていたけれど、いざとなるとなかなか言《い》いだせない。

どうでもいい話《はなし》ばかりしているうちに、壁《かべ》の時計《とけい》を見《み》たらもう夕方《ゆうがた》になっていた。

「そろそろ、帰《かえ》るか」

祥吾《しょうご》に言《い》われ、

「……そうだね」

しかたなく、電車《でんしゃ》に揺《ゆ》られて最寄《もよ》り駅《えき》までもどる。

駅《えき》から家《いえ》へむかう道《みち》、次《つぎ》の信号《しんごう》でわたそう、次《つぎ》、祥吾《しょうご》がこっちを見《み》たらわたそう、と思《おも》うのに、ことごとく勇気《ゆうき》がでない。

（う〜〜〜、早《はや》くわたさなきゃ、家《いえ》についちゃうよ！）

ゆるやかな坂道《さかみち》をのぼり、わたしたちの家《いえ》にむかう道《みち》へと、角《かど》を曲《ま》がる。

いつの間《ま》にか日《ひ》は沈《しず》み、道《みち》の両側《りょうがわ》にならぶ家々《いえいえ》には、ひとつ、またひとつと外灯《がいとう》がともっていく。

どこかの家《いえ》の軒先《のきさき》には、ささやかなクリスマスイルミネーションが施《ほどこ》されている。遠《とお》くに、電車《でんしゃ》が鉄橋《てっきょう》をわたる音《おと》が聞《き》こえた。

「日《ひ》が沈《しず》むと、やっぱ寒《さむ》いな」

祥吾《しょうご》が、ぽつんとつぶやく。

その息《いき》が白《しろ》くまいあがり、夕暮《ゆうぐ》れのうす闇《やみ》へととけていく。

次《つぎ》の通《とお》りをすぎたら、もうわたしと祥吾《しょうご》んちだ。

(勇気《ゆうき》ださなきゃ、夏月《なつき》。早《はや》くしないと、わたせなくなるよ……!)

自分《じぶん》で自分《じぶん》を励《はげ》ましてみる。

「……あ、あの!」

思《おも》いきって声《こえ》をはりあげ、その場《ば》で足《あし》を止《と》めた。

バッグに手《て》を突《つ》っこみ、引《ひ》っかきまわす。

「こ、これ!」

きょとんとしている祥吾《しょうご》の目《め》の前《まえ》で、手《て》のひらを広《ひろ》げる。

差《さ》しだしたのは、前《まえ》に祥吾《しょうご》が道《みち》に落《お》としていったマスコット。汚《よご》れはいちおう取《と》ってある。

それを見《み》ると、祥吾《しょうご》が「あっ」と小《ちい》さく声《こえ》をあげた。

「これ、どこにあった?」

わたしの手《て》からマスコットをつまみあげる。

「前《まえ》に、祥吾《しょうご》がわたしの前《まえ》を歩《ある》いてたとき、道路《どうろ》に落《お》としていったの。声《こえ》かけたんだけど、気《き》がついてなかったから」

「……そっか。なくしたと思《おも》ってた」

それきり、祥吾《しょうご》がだまりこむ。

うす闇《やみ》でもはっきりわかるほど、耳《みみ》の先《さき》が赤《あか》く染《そ》まっていた。

「そ、それと、はい、これも！」

今度《こんど》はバッグから、しわくちゃになった紙袋《かみぶくろ》を取《と》りだした。そのまま、祥吾《しょうご》の顔《かお》の前《まえ》に突《つ》きだす。

「なに、これ」

祥吾《しょうご》がとまどった表情《ひょうじょう》で、受《う》けとる。

（うわ～、ついにわたしちゃったよ！）

心臓《しんぞう》がばくばく音《おと》を立《た》てて、息《いき》が苦《くる》しい。まともに祥吾《しょうご》の顔《かお》を見《み》ることができなくて、そっぽをむく。

すぐにがさがさと紙袋《かみぶくろ》をあけている音《おと》がして、そっとのぞきこんでみた。

「あ、カップケーキ！　すげえ」

祥吾《しょうご》の目《め》が輝《かがや》く。

カップケーキの上《うえ》に、クリスマスツリー形《がた》と野球《やきゅう》のボール形《がた》のアイシングクッキーを突《つ》きさしたわたしのオリジナル。

透明《とうめい》セロファンの袋《ふくろ》に入《い》れて、それぞれ赤《あか》と緑《みどり》のリボンでむすんだ。

アイシングは、今《いま》までやったことなかったけど、われながら上手《じょうず》にできたと思《おも》う。持《も》ち歩《ある》いている間《あいだ》、クッキーが割《わ》れないかなって心配《しんぱい》してたけど、大丈夫《だいじょうぶ》だったみたいだ。

「サンキュ。……あれ、もういっこ、なんか入《はい》ってる」

そう言《い》って、祥吾《しょうご》が紙袋《かみぶくろ》の奥《おく》に手《て》を突《つ》っこんだ。

わたしが作《つく》った『お守《まも》りマスコット』を引《ひ》っぱりだして、瞬《まばた》きもせず、まじまじと見《み》つめている。

「これ、先輩《せんぱい》がつけてるのと似《に》てる。彼女《かのじょ》さんに作《つく》ってもらったって言《い》ってたやつ」

祥吾《しょうご》のつぶやきに、

「あの、それに深《ふか》い意味《いみ》はないんだ！　またけがしないようにってお守《まも》りだし！」

必死《ひっし》に言《い》い訳《わけ》してみたけれど、祥吾《しょうご》はわたしを見《み》てふっと笑《わら》った。

「……サンキュ」

短《みじか》くそう言《い》うと、さっきわたした犬《いぬ》のマスコットといっしょに顔《かお》の前《まえ》にふたつならべてぶらさげる。

「おーし、これで、来年《らいねん》はレギュラーまちがいなしだな」

「ええ？　ホントに？」

祥吾《しょうご》の顔《かお》をのぞきこんで聞《き》きかえす。

「そのときは観《み》にきてもいいぞ。言《い》っとくけど、俺《おれ》、特大《とくだい》ホームラン、ぶっ放《ぱな》すから」

その言葉《ことば》に、ぷっと吹《ふ》きだす。

「そんなこと言《い》って、ホントに大丈夫《だいじょうぶ》〜？」

「……まあ、多分《たぶん》」

あははとふたりで声《こえ》をあげて笑《わら》いあう。

見上《みあ》げると、空《そら》には雲《くも》の合間《あいま》に星《ほし》が光《ひか》っていた。

外灯《がいとう》に照《て》らされる祥吾《しょうご》んちのオリーブの木《き》、わたしんちのキンモクセイの植《う》えこみ。

子《こ》どものころから見慣《みな》れた夜《よる》の景色《けしき》。

わたしと祥吾《しょうご》が生《う》まれ育《そだ》った街《まち》。

わたしたちは、べつに、つきあってるわけじゃない。

祥吾《しょうご》のことが、好《す》きなのかどうかもわからない。

だけど、こうやっていつまでも、ふたりでくだらないことで笑《わら》いあえたらいいな。

(明日《あした》、みんなに今日《きょう》のこと、報告《ほうこく》しよう)

きっと冷《ひ》やかされるだろうな。

でも、それも悪《わる》くない。

肩《かた》にかけたバッグを持《も》ちなおすと、わたしの手首《てくび》で金色《きんいろ》のブレスレットがきらりと光《ひか》った。


(おわり)

あとがき

宮下《みやした》恵茉《えま》

いつも「キミいつ」シリーズを応援《おうえん》してくださっているみなさん、こんにちは！　作者《さくしゃ》の宮下《みやした》恵茉《えま》です。毎回《まいかい》、本《ほん》がでるたびに本当《ほんとう》にたくさんのお手紙《てがみ》をありがとうございます。どのお手紙《てがみ》も、全部《ぜんぶ》読《よ》んでいますよ～♪　また、みらい文庫《ぶんこ》のＨＰ《ホームページ》に感想《かんそう》を書《か》きこんでくださってる方《かた》もありがとうございます！　こちらも毎回《まいかい》チェックして、わあ、そんな風《ふう》に感《かん》じてくれたんだと喜《よろこ》んでいます☆

実《じつ》はこの間《あいだ》、「今《いま》、電車《でんしゃ》の中《なか》で目《め》の前《まえ》に座《すわ》っている子《こ》が『キミと、いつか。』読《よ》んでるよ！」という目撃情報《もくげきじょうほう》をもらったんです！　うれしすぎる～～～っ（涙《なみだ》）。

いつも家《いえ》で原稿《げんこう》を書《か》いていると、わたしの本《ほん》って本当《ほんとう》に読《よ》んでもらえてるのかなあと不安《ふあん》になることがあるのですが、その情報《じょうほう》を聞《き》いて不安《ふあん》が吹《ふ》っ飛《と》びました。

もちろん、みなさんからのお手紙《てがみ》や感想《かんそう》も同《おな》じだけ書《か》くパワーになっています☆☆

今回《こんかい》の『キミと、いつか。　夢見《ゆめみ》る〝クリスマス〟』の感想《かんそう》も、ぜひぜひ教《おし》えてくださいね。

さて、今回《こんかい》はクリスマスデートがテーマになっていますが、みなさんは、クリスマスにどんなデートをしてみたいですか？　映画《えいが》を観《み》に行《い》ったり、お買《か》い物《もの》に行《い》ったり、イルミネーションを見《み》に行《い》ったり、とかかな？　クリスマスって他《ほか》のイベントにくらべて、なぜだか力《ちから》が入《はい》っちゃいますよね～。

特別《とくべつ》モテたわけではないわたしですが、それでも大人《おとな》になるまでの間《あいだ》、何度《なんど》かクリスマスデートを経験《けいけん》しました。そのとき、一番力《いちばんちから》を入《い》れたのがプレゼント！　当時《とうじ》は手作《てづく》りが流行《はや》っていて、たいして上手《じょうず》でもないのにせっせとセーターやマフラーを編《あ》んでプレゼントしました。『彼《かれ》のために手作《てづく》りをしているわたし……！』にあこがれがあったのです。

しかし、悲《かな》しいことに不器用《ぶきよう》すぎるわたし（とほほ）。一生懸命《いっしょうけんめい》気持《きも》ちはこめたつもりですが、なぜだかサイズが異様《いよう》に大《おお》きすぎ、できあがりはかなりビミョウでした……。

それが数年前《すうねんまえ》、自宅《じたく》の納戸《なんど》を片《かた》づけていたとき、わたしが作《つく》ったあのビミョウなセーターがひょっこりでてきたんです！　そう、当時《とうじ》おつきあいしていた彼《かれ》と結婚《けっこん》したわたし。夫《おっと》はあのころのビミョウなセーターを大事《だいじ》に残《のこ》しておいてくれたのです。

今見《いまみ》てもかなりビミョウだったので、「これ、捨《す》てていい？」と聞《き》くと、「年取《としと》って太《ふと》ったら着《き》るかもしれんから残《のこ》しといて」との返事《へんじ》。

そっか……。あのころのわたしは、将来彼《しょうらいかれ》が太《ふと》るかもしれないことを見越《みこ》してあんなどでかいサイズのセーターを編《あ》んだのだな……と妙《みょう》に納得《なっとく》しました（って、そんなわけないし！）。

みなさんのお父《とう》さんやお母《かあ》さんにも、もしかしたらそんなクリスマスにまつわるエピソードがあるかもしれませんね。おねだりして、教《おし》えてもらってもおもしろいかも！

さて、この「キミいつ」シリーズも、次《つぎ》の巻《かん》でなんと十巻《じゅっかん》になります！（ぱちぱちぱち〜）こんなにも長《なが》く続《つづ》けられているのは、ひとえに読者《どくしゃ》のみなさんがいつも応援《おうえん》してくださっているから。本当《ほんとう》にありがとうございます！

その感謝《かんしゃ》の気持《きも》ちもこめまして、次回《じかい》の「キミいつ」は、いつもとちょっぴりちがうサプライズ回《かい》！　なんと、キミいつボーイズたちが主役《しゅやく》のお話《はなし》をお届《とど》けする予定《よてい》です。あのときの小坂《こさか》の本当《ほんとう》の気持《きも》ちは？　石崎《いしざき》くんの素顔《すがお》は？　男《おとこ》の子《こ》たちが、どんなことを考《かんが》えてるのかがわかっちゃうスペシャル短編集《たんぺんしゅう》です。楽《たの》しみにしていてくださいね♡

そして、今回《こんかい》で最後《さいご》の募集《ぼしゅう》になる『胸《むね》きゅん恋《こい》バナ』。みなさんの恋《こい》のエピソードをヒントに、わたしが素敵《すてき》な恋《こい》バナにしちゃいます。『大好《だいす》きな彼《かれ》には彼女《かのじょ》がいる』、『つきあってるのに、恥《は》ずかしくてしゃべれない』などなど。わたしにだけこっそり教《おし》えてくださいね。

ではでは、これからも「キミいつ」シリーズをどうぞよろしくお願《ねが》いいたします！

イラスト担当させて
いただきました！
ありがとうございました！
次はいよいよ10巻目!!
10巻もよろしくお願いします♡ 染川ゆかり

集英社みらい文庫

キミと、いつか。

夢《ゆめ》見《み》る“クリスマス”

宮下恵茉《みやしたえま》 作
染川《そめかわ》ゆかり 絵

✉ファンレターのあて先
〒101-8050 東京都千代田区一ツ橋 2-5-10 集英社みらい文庫編集部
いただいたお便りは編集部から先生におわたしいたします。

2018年11月27日 第1刷発行

発行者	北畠輝幸
発行所	株式会社 集英社 〒101-8050 東京都千代田区一ツ橋 2-5-10 電話 編集部 03-3230-6246 読者係 03-3230-6080 販売部 03-3230-6393(書店専用) http://miraibunko.jp
装丁	+++ 野田由美子 中島由佳理
印刷	凸版印刷株式会社
製本	凸版印刷株式会社

ISBN978-4-08-321469-1 C8293 N.D.C.913 178P 18cm

小坂《こさか》、智哉《ともや》、諒太《りょうた》、祥吾《しょうご》を主人公《しゅじんこう》にした４つのお話《はなし》を収録《しゅうろく》！　いつもの“キミいつ”では知《し》ることのできない、男子《だんし》たちの“本当《ほんとう》の気持《きも》ち”を描《えが》きだすスペシャルな１冊《さつ》だよ!!

諒太《りょうた》♥若葉編《わかばへん》

小学生《しょうがくせい》のころ、
諒太《りょうた》は、あこがれの
女《おんな》の子《こ》・若葉《わかば》の言葉《ことば》で
大事《だいじ》なものに気《き》がついて…。

祥吾《しょうご》♥夏月編《なつきへん》

初《はじ》めて出会《であ》った夏月《なつき》は、
ひとりっ子《こ》で人見知《ひとみし》り。
祥吾《しょうご》はそんな夏月《なつき》を笑顔《えがお》に
したいのだけど…!?

10巻目《かんめ》は　2019年《ねん》3月《がつ》22日《にち》金《きん》　発売予定《はつばいよてい》!!

6
ひとりぼっちの“放課後《ほうかご》”

7
“素直《すなお》”になれなくて

8
本当《ほんとう》の“笑顔《えがお》”

9
夢見《ゆめみ》る“クリスマス”

『キミと、いつか。』略《りゃく》して、『キミいつ』って呼《よ》んでね

キミいつ次巻予告《じかんよこく》!!

今度《こんど》の主人公《しゅじんこう》は“キミいつ”ボーイズの4人《にん》――!!

祝《しゅく》★シリーズ10巻目《かんめ》のスペシャル企画《きかく》!

小坂《こさか》♥麻衣編《まいへん》

つきあって初《はじ》めてのデート。しかも麻衣《まい》の誕生日《たんじょうび》!恥《は》ずかしがり屋《や》の小坂《こさか》がデートプランを考《かんが》えて…!?

智哉《ともや》♥莉緒編《りおへん》

莉緒《りお》のことが気《き》になりはじめたのは、実《じつ》は智哉《ともや》がコンプレックスに感《かん》じていた、あのことがきっかけで…!?

1〜9巻《かん》も好評発売中《こうひょうはつばいちゅう》!!

1 近《ちか》すぎて言《い》えない“好《す》き”

2 好《す》きなのに、届《とど》かない“気持《きも》ち”

3 だれにも言《い》えない“想《おも》い”

4 おさななじみの“あいつ”

5 すれちがう“こころ”

KIMIITSU TIME LINE

キミいつ♡タイムライン

「今《いま》、こんな恋《こい》しています！」、「こんな恋《こい》でなやんでます」など、みんなの恋《こい》バナ教《おし》えてね。

先生《せんせい》への相談《そうだん》レター

私《わたし》には小《しょう》1から好《す》きな人《ひと》がいますが、

その男《おとこ》の子《こ》のことを、

私《わたし》の大親友《だいしんゆう》も好《す》きなのです。

この恋《こい》は、あきらめたほうがいいですか？

（小《しょう》5・空《そら》）

宮下恵茉先生《みやしたえませんせい》より

そんなに長《なが》い間《あいだ》ひとりの男《おとこ》の子《こ》のことを思《おも》い続《つづ》けているなんて、空《そら》ちゃん、本当《ほんとう》にその子《こ》のことが大好《だいす》きなんだね。大親友《だいしんゆう》だからこそ、好《す》きな男《おとこ》の子《こ》も一緒《いっしょ》になっちゃうのかもしれないね。あきらめるなんてしなくていいと思《おも》うよ！　本当《ほんとう》の親友《しんゆう》なら、もしどちらかがその男《おとこ》の子《こ》と両想《りょうおも》いになっても、きっと応援《おうえん》してあげられると思《おも》います。

8巻目《かんめ》のひとこと感想《かんそう》コーナー

なるたんのお話《はなし》がすごく
ドキドキしてお気《き》に入《い》りです！
何回《なんかい》もくりかえし読《よ》みました。
(小《しょう》5・はるるん♥)

私《わたし》もなるたんと同《おな》じで長女《ちょうじょ》です。
弟《おとうと》がひとりいます。弟《おとうと》って本当《ほんとう》にめんどくさいですよ。
背中《せなか》たたくし、じゃまするし。
でもなるたんは本当《ほんとう》にがんばってみんなを支《ささ》えていて
すごいと思《おも》いました。見習《みなら》いたいです。
(中《ちゅう》1・L《エル》)

お返事《へんじ》がほしい人《ひと》は、
住所《じゅうしょ》と名前《なまえ》をかならず書《か》いてね!!

宮下恵茉先生《みやしたえませんせい》へのお手紙《てがみ》や、この本《ほん》の感想《かんそう》、「キミいつ♡タイムライン」の相談《そうだん》レターは、下《した》のあて先《さき》に送《おく》ってね！ 本名《ほんみょう》を出《だ》したくない人《ひと》は、ペンネームも忘《わす》れずにね☆

〒101-8050
東京都千代田区一ツ橋《とうきょうとちよだくひとつばし》 2-5-10
集英社《しゅうえいしゃ》みらい文庫編集部《ぶんこへんしゅうぶ》
『キミと、いつか。』タイムライン係《かかり》

あなたの恋《こい》が物語《ものがたり》に――!?

『キミと、いつか。』、みんなの“胸《むね》きゅん恋《こい》バナ”大募集《だいぼしゅう》♡

「キミいつ」シリーズが、読者《どくしゃ》のみなさんの恋《こい》のエピソードを募集《ぼしゅう》します！　あなたの恋《こい》バナが、「キミいつ」のお話《はなし》になっちゃうかも?!

おたよりは詳《くわ》しくなくてもだいじょうぶ！

以下《いか》のお手紙例《てがみれい》を参考《さんこう》にしてね☆

『好《す》きになった彼《かれ》は、親友《しんゆう》の彼《かれ》だった』

『ライバルがたくさんいる彼《かれ》を好《す》きになってしまった』

『ずっと友達《ともだち》だと思《おも》っていた彼《かれ》から、まさかの告白《こくはく》!?』

『好《す》きな彼《かれ》とは遠恋中《えんれんちゅう》、切《せつ》ない＞＜』

注意事項《ちゅういじこう》

※いただいたエピソードが、そのまま物語《ものがたり》になるわけではありません。「キミいつ」のお話《はなし》に合《あ》うよう書《か》きかえさせていただきます。

※送《おく》ってくれたおたよりは返却《へんきゃく》できません。

※おたよりに書《か》かれた住所《じゅうしょ》などの個人情報《こじんじょうほう》は使用《しよう》せず、一定期間保《いっていきかんほ》管《かん》したあと廃棄《はいき》します。

※採用《さいよう》された恋《こい》バナがふくまれた物語《ものがたり》が、映像化《えいぞうか》、音声化《おんせいか》など、別《べつ》の形《かたち》で発表《はっぴょう》されることがあります。ご了承《りょうしょう》ください。

片思《かたおも》いの人《ひと》も、両想《りょうおも》いの人《ひと》も、「わたしの恋《こい》を"キミいつ"の物語《ものがたり》にして!」と思《おも》う人《ひと》は、ぜひおたよりを送《おく》ってください!

採用《さいよう》させていただいた方《かた》のお名前《なまえ》は、本《ほん》のあとがきでご紹介《しょうかい》します。ペンネームを忘《わす》れずに書《か》いてね☆

〒101-8050
東京都《とうきょうと》千代田区《ちよだく》一ツ橋《ひとつばし》2-5-10
集英社《しゅうえいしゃ》みらい文庫編集部《ぶんこへんしゅうぶ》
『キミと、いつか。』みんなの
胸《むね》きゅん恋《こい》バナ募集係《ぼしゅうがかり》

からのお知らせ
かなわない、ぜったい。
きみのとなりで気《き》づいた恋《こい》
野々村花《ののむらはな》・作《さく》　姫川恵梨《ひめかわえり》・絵《え》
3人《にん》の女《おんな》の子《こ》が、好《す》きになったのは同《おな》じ人《ひと》!?
2018年《ねん》12月《がつ》21日《にち》(金《きん》)発売予定《はつばいよてい》!!

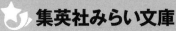

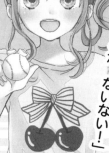

青星学園《せいせいがくえん》★チームEYE-S《アイズ》の事件《じけん》ノート
シリーズ
相川《あいかわ》真《しん》・作《さく》
立樹《たちき》まや・絵《え》
第《だい》2回《かい》集英社《しゅうえいしゃ》
みらい文庫大賞《ぶんこたいしょう》
優秀賞受賞作家《ゆうしゅうしょうじゅしょうさっか》
最新作《さいしんさく》！
「ともだち《チーム》だけど、スキなのかな？」
4人《にん》のキラキラな男《おとこ》の子《こ》たちと
事件《じけん》に巻《ま》きこまれて!?

大人気《だいにんき》！　放課後《ほうかご》❤ドキドキストーリー

第《だい》1弾《だん》～第《だい》3弾《だん》 大好評発売中《だいこうひょうはつばいちゅう》！

わたし、青星学園《せいせいがくえん》の中等部《ちゅうとうぶ》1年生《ねんせい》の春内《はるうち》ゆず。とにかく目立《めだ》たず、フツーの生活《せいかつ》を送《おく》りたいのに、学校《がっこう》で目立《めだ》ちまくりの4人《にん》のキラキラな男《おとこ》の子《こ》たちとチームアイズを組《く》むことになっちゃって!? ど、どうしよう――!?

第《だい》1弾《だん》

～勝利《しょうり》の女神《めがみ》は忘《わす》れない～
アイズのはじまり！

第《だい》2弾《だん》

～ロミオと青《あお》い星《ほし》のひみつ～
レオくんがねらわれて!?

第《だい》3弾《だん》

～キヨの笑顔《えがお》を取《と》りもどせ！～
キヨくんの悲《かな》しいひみつは？

速報《そくほう》!!

「チームアイズ」第《だい》4弾《だん》は

黒《くろ》のプリンス
クロトくんのひみつ?

12歳《さい》にして、プロの芸術家《げいじゅつか》のクロトくん。笑顔《えがお》がとっても甘《あま》くて、本当《ほんとう》に王子様《おうじさま》みたい。甘《あま》いもの大好《だいす》きの天然《てんねん》キャラ♥　だけど、クロトくんに謎《なぞ》の脅迫状《きょうはくじょう》が届《とど》いて!?

お楽《たの》しみに♪

2019年《ねん》 1/24 木《もく》 発売予定《はつばいよてい》!!

ぬぁにぃ〜!!
『ざんねんないきもの事典《じてん》』
『ざんねんな偉人伝《いじんでん》』の
つぎはコレだとぅ!?
『信長《のぶなが》もビックリ!?
科学《かがく》でツ
「本能寺《ほんのうじ》の変《へん》」「中国大返《ちゅうごくおおがえ》し」「大坂《おおさか》の陣《じん》」
歴史《れきし》を、科学《かがく》の視点《してん》でズバッと斬《き》った
ギュギュッと詰《つ》まった、これまでに
「3本《ぼん》の矢《や》」何《なん》kgの力《ちから》で折《お》れる?
60kgのものが持《も》ちあげられればかんたんに折《お》れちゃう!
構造力学
大注目《だいちゅうもく》★日本史《にほんし》を学《まな》ぶ
出合《であ》える、歴史《れきし》×科学《かがく》

「みらい文庫《ぶんこ》」読者《どくしゃ》のみなさんへ

言葉《ことば》を学《まな》ぶ、感性《かんせい》を磨《みが》く、創造力《そうぞうりょく》を育《はぐく》む……、読書《どくしょ》は「人間力《にんげんりょく》」を高《たか》めるために欠《か》かせません。たった一枚《いちまい》のページをめくる向《む》こう側《がわ》に、未知《みち》の世界《せかい》、ドキドキのみらいが無限《むげん》に広《ひろ》がっている。これこそが「本《ほん》」だけが持《も》っているパワーです。

学校《がっこう》の朝《あさ》の読書《どくしょ》に、休《やす》み時間《じかん》に、放課後《ほうかご》に……。いつでも、どこでも、すぐに続《つづ》きを読《よ》みたくなるような、魅力《みりょく》に溢《あふ》れる本《ほん》をたくさん揃《そろ》えていきたい。読書《どくしょ》がくれる、心《こころ》がきらきらしたり胸《むね》がきゅんとする瞬間《しゅんかん》を体験《たいけん》してほしい、楽《たの》しんでほしい。みらいの日本《にほん》、そして世界《せかい》を担《にな》うみなさんが、やがて大人《おとな》になった時《とき》、「読書《どくしょ》の魅力《みりょく》を初《はじ》めて知《し》った本《ほん》」「自分《じぶん》のおこづかいで初《はじ》めて買《か》った一冊《いっさつ》」と思《おも》い出《だ》してくれるような作品《さくひん》を一所懸命《いっしょけんめい》、大切《たいせつ》に創《つく》っていきたい。

そんないっぱいの想《おも》いを込《こ》めながら、作家《さっか》の先生方《せんせいがた》と一緒《いっしょ》に、私《わたし》たちは素敵《すてき》な本作《ほんづく》りを続《つづ》けていきます。「みらい文庫《ぶんこ》」は、無限《むげん》の宇宙《うちゅう》に浮《う》かぶ星《ほし》のように、夢《ゆめ》をたたえ輝《かがや》きながら、次々《つぎつぎ》と新《あたら》しく生《う》まれ続《つづ》けます。

本《ほん》を持《も》つ、その手《て》の中《なか》に、ドキドキするみらい――。

本《ほん》の宇宙《うちゅう》から、自分《じぶん》だけの健《すこ》やかな空想力《くうそうりょく》を育《そだ》て、〝みらいの星《ほし》〟をたくさん見《み》つけてください。

そして、大切《たいせつ》なこと、大切《たいせつ》な人《ひと》をきちんと守《まも》る、強《つよ》くて、やさしい大人《おとな》になってくれることを心《こころ》から願《ねが》っています。

2011年《ねん》　春《はる》

集英社《しゅうえいしゃ》みらい文庫《ぶんこ》編集部《へんしゅうぶ》